《作家文摘》/编

解锁时尚密码

作家出版社

图书在版编目（CIP）数据

解锁时尚密码/《作家文摘》报社编. --北京：作家出版社，2021.5

ISBN 978-7-5212-1228-0

Ⅰ.①解… Ⅱ.①作… Ⅲ.①散文集-中国-当代 Ⅳ.①I267

中国版本图书馆 CIP 数据核字（2020）第 251219 号

解锁时尚密码

主　　编：《作家文摘》报社
责任编辑：姬小琴
特约编辑：娜　拉
装帧设计：于文妍
出版发行：作家出版社有限公司
社　　址：北京农展馆南里 10 号　　邮　　编：100125
电话传真：86 -10 - 65067186（发行中心及邮购部）
　　　　　86 -10 - 65004079（总编室）
E - mail: zuojia@zuojia. net. cn
http: // www. zuojiachubanshe. com
印　　刷：中煤（北京）印务有限公司
成品尺寸：142 × 210
字　　数：150 千
印　　张：7.25
版　　次：2021 年 5 月第 1 版
印　　次：2021 年 5 月第 1 次印刷
ISBN 978-7-5212-1228-0
定　　价：45.00 元

目 录

○　　**衣香鬓影**

○　**历史的针脚**

○ **不朽风格**

第一辑

衣香鬓影

香囊：承载千百年的爱情

早在《诗经》时代的春天，爱情就已经是这样的风格了：年轻人集体到野外去，采集天然的各种香草，一边采集一边对歌、游戏。当情感在歌声中绽放的时候，有情人就会把刚刚摘到的香花香草送给心仪的对象。

战国屈原的《九歌·山鬼》中：折芳馨兮遗所思。

对先秦时代的人来说，用芳香的花草作为礼物送给恋人，是最固定的传情方式，好像那时根本就没有离了香花香草的爱情。于是，在他们的观念中，即使是威严、伟大的天地之神，一旦被爱情征服，也会意绪缠绵地去采摘香草，送给心上之人。

古人重视对香花香草的采集，本意正是为了让人、让生活洁净、清香。因此，把香料佩带在身上，让人的身体终日萦绕在香气之中，这是古代生活中最普遍的做法。

从楚辞中的许多诗句来看，楚人是从野地里采来新鲜的香花香草，编、串成花环、花链等形式，直接佩带在身上。不过，大多数情况下，人们是把阴干的香草盛在精美的丝袋里，这就是香囊。

马王堆就出土了一枚香囊，囊袋以精美的绮做成，绣着雅丽的花纹，出土时，囊中仍然装满植物香料。

佩带盛有香草的香囊，并不是女性的专利，在男子中也一样普遍。据说，在汉代宫廷中，尚书郎必须"怀香袖兰"，这样一身香气地侍奉天子。

香囊也常被系在裙带、衣带上，或系在胸前、怀中。作为贴身之物，它藏在衣裳的内里，用香气亲近着人的肌肤。把这样一个带着自己体温的芳香饰物送给心上人，世上难道还有比这更深情的举动吗？于是，香囊，在千百年的时光中，就被无数次地从一只含情脉脉的手递到另一只含情脉脉的手中。

《飞烟传》中，步飞烟就赠给倾慕者赵象一枚"连蝉锦香囊"，少年的赵象将这香囊结系在怀中，并且回信说，因为"芬馥盈怀"，所以"翘恋弥切"，对她的感情更热烈了。

传说，杨贵妃死后被草草葬在马嵬坡。安史之乱平定后，唐玄宗派人去为之迁葬，这时，人们发现，遗体的胸前仍然系着一枚富贵荣华日子里的锦香囊。当差的宦官把这枚锦香囊带回给唐玄宗，唐玄宗就将这香囊或系在袖里，或系在怀中，以慰思念之情。

东汉《孔雀东南飞》中云：

红罗复斗帐，四角垂香囊。

香囊不仅是情感的证物，更是爱欲的助媒。它被挂在床帐上，让温柔之乡被芬芳所笼罩。

（选自《作家文摘》第 2308 期）

"祖传信物"的主角光环

◎ 宋彦

在定情信物这东西上，全世界都对"祖传的"这个来源相当看重。当碰上"祖传的"这几个字时，流行、时尚都要后退，它不再只是局限于两个人之间的爱的证据，更是一种被允许走入一个大家庭的邀请函。

把这件事做得最有梦幻感的还得是今天的英国王室。刚刚因"不再担任英国王室高级成员"这件事成为舆论焦点的哈里王子和梅根王妃的订婚戒指就是半个老物件。哈里王子向梅根求婚时，曾亲自设计了一枚戒指，并委托女王的御用珠宝商Cleave制作。那是一枚有黄金戒圈的钻戒，钻石来自俩人恋爱时特别喜欢去的非洲南部小国博茨瓦纳，这是哈里对俩人恋爱过程的纪念。比博茨瓦纳更沉重的恐怕是主钻两旁那两枚小号钻石，那是从哈里的母亲——戴安娜王妃生前收藏的胸针上取下的钻石，把它们镶嵌在订婚戒指上，哈里大概是希望，自己的爱情和婚姻能够得到母亲的庇护。

比哈里王子取下的那两枚小钻石更出名的是嫂子凯特王妃手上的那枚蓝宝石戒指。在英国，它和很多服装、包包、首饰一样，被称作"戴妃款"。

这枚"戴妃款"的来历要追溯到1981年了。那一年，查尔斯王子与20岁的戴安娜订婚。通常，王室成员婚嫁，珠宝首饰都是定制的，查尔斯王子却没这么干。他把年轻的爱人带去王室珠宝供应商 Garrard 那里，让戴安娜随意选一枚戒指，作为俩人的订婚戒指。

几乎是一眼看中，戴安娜挑选了一枚蓝宝石戒指，那颗12 克拉的椭圆形锡兰蓝宝石被 14 颗南非钻石包围，18 克拉的白金指环将它们镶嵌在一起。

虽然不是定制款，但戴安娜的选择相当得体。

在英国，乃至整个欧洲王室，蓝宝石都是出现频率极高，具有王室象征意味的宝石品种。和钻石、红宝石、祖母绿并列，蓝宝石是世界上最珍贵的四款宝石之一。按照莫氏硬度计，蓝宝石的硬度为九级，仅次于钻石，这或许是为什么它常常和钻石一样，被拿来宣誓爱情的坚贞与永恒。

钻石基本上可以和巧克力、玫瑰花一样，归为消费主义的产物。和它们相比，蓝宝石更有宗教背景和传统感。有人统计过一个数据，在《创世记》《旧约》《启示录》和《出埃及记》几个《圣经》篇章里，"宝石"作为一种象征物，被提及了30多次。耶路撒冷的城墙根基是用宝石修饰的，大祭司亚伦的圣衣上，宝石镶嵌在金槽中。事实上，出现在《圣经》故事里的"Sapphire"并不是今天的"氧化铝"矿石，它更可能是青金石，也就是在中国常用来做佛珠的璧琉璃。但在长达千年的传播过程中，"氧化铝"矿石继承了《圣经》"Sapphire"的全部意义，是免受不忠、欺骗和恐吓的象征物。

在古希腊和古罗马，蓝宝石已经被王室选中，它成为能够积聚能量，庇护王室成员免受嫉妒和伤害的宝物。

凡·爱克兄弟的《根特祭坛画》被视作现今世界上存在的最早的油画作品，这幅 15 世纪尼德兰美术的标志作品里就有一枚蓝宝石，它被做成一枚胸针，挂在天使的胸前。

对欧洲王室来说，蓝宝石就像中古时代大户人家眼中的玉，黄金价值是实打实的，但玉不一样，它有着集天地灵气这一层"迷信"，与人的气质、阅历有关，因而不落俗套，更是身份和地位的象征。

在重要的物件、仪式上用蓝宝石，这不仅是宗教建筑、器物的选择，也是欧洲王室一直以来的偏好。当年，拿破仑义无反顾地向比他大六岁、已经是两个孩子妈妈的约瑟芬求婚，用的就是一枚蓝宝石戒指，他还给那枚戒指起了个相当甜腻的名字——"我和你"。

英国女王戴得最多的冠冕也是蓝宝石制成的，那是女王父亲乔治六世国王送给女儿的结婚礼物，蓝宝石就镶嵌在王冠顶部，骄傲又高贵。

和"戴妃款"一样出名的蓝宝石信物也和一位王室成员有关。1937年，放弃了王位继承权、成为温莎公爵的爱德华八世与美国平民女子辛普森夫人订婚，订婚信物是一枚刻有"for our contract 18-v 1937"的蓝宝石手镯。

查尔斯王子和戴安娜王妃大婚之后，王妃常戴着这枚戒指出现在公众面前，直到俩人离婚，戒指的归属权又回到查尔斯王子手上。和其他王室珠宝相比，这枚戒指不是定制款，价格也相对亲民，在很长一段时间里，"戴妃款"都成了畅销品，被世界各地的女性所追捧。

1997年，戴安娜王妃去世后，父亲查尔斯王子允许两个儿子威廉和哈里从母亲的遗物中选一件做纪念品。威廉王子选择了母亲喜欢的一块卡地亚腕表，这枚蓝宝石戒指被哈里王子选中。

但很多年之后，这枚戒指出现在了威廉王子的爱人凯特王妃手上。在哥哥大婚前，哈里把这枚母亲的遗物交给了威廉王子。

威廉用这枚戒指向女友凯特求婚。尽管这枚把母亲送进王室的戒指曾给她带来了后半生的种种磨难，但他还是想用这枚母亲传下来的戒指邀请凯特走进王室大家族。更重要的是，戴安娜以这样的方式，参与了儿子人生最重要的时刻。

（选自《作家文摘》第 2309 期）

三毛钟爱的银饰

◎ 程碧

    三毛是恋物的，一生收藏无数。她淘的东西很杂，来自世界各地不同国家，种类五花八门：印第安人的手织布、十字架；西班牙的陶瓷罐、彩瓶、彩盘；印度的挂毯；中国的刺绣裙子、瓷碗、铜器……三毛爱美，在她收藏的老物品中首饰占了很大一部分。

    在众多首饰中，三毛最钟爱的是银饰。她拥有各类镶嵌彩石的项链、手镯、脚环、别针等银饰，它们大都来自南美洲的小商贩、大加纳利岛的杂货铺、西雅图的古董店以及台湾的小镇、香港的街边……她总是一路走一路买，只看它们的来路——秘鲁的老别针、墨西哥的脚环、撒哈拉的项链……便可以想象它们的神秘和风情万种，也可以看出，拥有它们的主人是位行遍了千山万水的人。

    三毛对于银制品，总有难掩的温情和小心翼翼，每件都会带回家先用银粉擦一遍，她在书中写过得到一件心爱银制品的情形：

    用银粉略略擦一下；不给它太黑，也不能太亮。玩着这安静的游戏，即使在无人的深夜里，眼前呈现出来的，就是那片拉巴斯的旧区域，那些红红绿绿的印第安人，在我的客厅里，摆满了摊子，喧哗的市声也传入耳来。

她的首饰和衣服就像她的家居用品一样，也都不是来自大商场，以她的性格、喜好，是不肯去百货商店买当季流行的衣服和饰品穿戴的。她说过，"太精细的东西我是比较不爱的，可是极爱产生它们这种饰物的那个迷人的时代和背景。"

她结婚时，大概父母有询问她关于结婚戒指的事情，在一封家信中，她写"钻石与我身份不符"。那时，她住撒哈拉，除了经济方面的考虑，她的气质也与粗犷的当地饰品更搭，钻石的确与沙漠格格不入。

除了那些与荷西有关的首饰，还有一些饰品也是她很看重的，她所看重的物件往往都与"人"有关。其中有一条来自西雅图的项链，更准确地说，是来自阿富汗。

那是20世纪80年代，荷西已去世，她独自去美国西雅图的一所大学进修。三毛一直不太喜欢美国，大概是她生活过的几个美国城市都太现代化。三毛天性喜欢原始、朴素的地方，那时候，她除了上课，很多时间都交给了电视机和西雅图一家杂货店。

这个杂货店开在西雅图街边一个很不起眼的地方，店里卖一些从阿富汗、印度来的衣服和饰品。三毛第一次走进这家店铺时，店主正一边整理店里的东西，一边懒懒地用阿拉伯语"沙拉麻里古"跟她打招呼。三毛听到这句熟悉的招呼，心里泛起一丝柔情，因为在大概十年前，她在撒哈拉居住时，常常用这句话跟撒哈拉威人打招呼。现在，在讲英语的美国再次听到这句熟悉的问候时，她也自然地回了一句"沙拉麻里古"，店主听到她的回应也惊得停下了手中的活儿，就这样，三毛认识了店主哈敏。

哈敏来自阿富汗，一个人在西雅图开店，太太、孩子们都留在阿富汗。哈敏总是懒懒的，对生意也没有很用心，他不回国办货，而是从一个美国人手里批发自己国家的东西。在功利又不友好的西雅图，遇到哈敏这样有"禅意"想法的人不多，所以三毛常常去他店里聊天，有时候也会帮他的女客人试穿衣服，哈敏成了她在西雅图为数不多的朋友之一。

就这样过去了半年，三毛完成了学业准备回台湾。临行之前，她去哈敏的店里与他告别，哈敏在一个盛满私人衣物的大铁箱里掏了半天，掏出一条项链。三毛只看了一眼便被惊艳到了，那是一条宽宽的波斯风情颈饰，上面缀满了圆形的银片，并镶嵌了一些彩色宝石。哈敏说，这是他妻子的项链，他想要送给三毛留作纪念。

三毛有一张比较知名的照片，照片中的她穿着一条南美洲风情的大红色长裙坐在椅子上，黑色的长发梳成中分绾在脑后，她的颈上戴着的便是这条项链。

（选自《作家文摘》第 2330 期）

花纹上的政治

◎ 李任飞

纺织奇迹《璇玑图》

魏晋时期，有一位才女名叫苏蕙，字若兰，生于官宦家庭。她"智识精明，仪容秀丽，谦默自守，不求显扬"，16 岁的时候嫁给了窦滔。窦滔是前秦皇帝苻坚的名臣，人很帅，能文能武，担任过很多重要职务，并且都做出了政绩。

然而，在他从政过程中曾经摊上一件事情，被苻坚贬到敦煌。这期间，窦滔与苏若兰分居两地，不通音讯。于是，苏若兰想到了一个办法，织了一块 8 寸见方的锦，由 29 行、29 列一共 841 个文字构成。东晋时期的 8 寸相当于现在的 20 厘米，把 29 个汉字铺开，再留边缝和字缝，每个字的长宽只有 0.5 厘米左右。那时的汉字又是繁体字，笔画又多又密，要织得每一笔都清晰可辨，前无古人后无来者。

更加令人惊叹的是，苏若兰织就的这 841 个字"纵横反复，皆为文章。才情之妙，超古迈今，名《璇玑图》。苏若兰自称织进去了 200 多首诗，窦滔手捧这件绝品，内心的感动是可想而知的。

武则天的政治表达

天授二年二月，也就是公元 691 年春天，武则天当上皇帝的第二年，她对大臣们进行了一轮赏赐。

武则天是女人，有女人的思维，这次赏赐的是绣袍。在武则天之前，也曾有帝王用布匹或者锦袍奖励部下，但武则天的不同之处在于，赏赐的是绣袍——刺绣更为灵活，可以在袍上自由表达自己的想法。头一年绣的是 8 个字的回文，表达的是其政治主张和对大臣的勉励。

到下一年，武则天决定再行赏赐。这次绣制的内容也有所增加：首先绣一座山，然后绕山再绣 16 字回文"德政唯明，职令思平，清慎忠勤，荣进躬亲"。

公元 694 年，武则天再次决定赏赐所有三品以上文武官员。首先，绣袍上的文字，字数多少、文字内容，每个人都不一样，相当于进入了个性定制模式。比如著名神探狄仁杰，也是深得武则天欣赏的大臣，据《能改斋漫录》里提到，武则天也给他赏赐过绣袍，绣袍上绣的是"敷政术、守清勤、升显位、励相臣"。

其次，这次赏赐的绣袍不仅文字不同，连图案也不一样。比如，诸王是盘龙和鹿，宰相是凤池，尚书是对雁，左右将军是对麒麟，左右武卫是对虎，左右监门卫则与古代建筑的大门设计相通，用的是对狮子，其他职位也都是用了成对的珍禽瑞兽。

这意味着，武则天在服装等级制方面作了创新。此前的等级，主要通过章纹的数量、銙带的銙数，或者服装颜色进行区分。到了明清之际，这种创意的优点被人发现，因此大行其道，演变成了官员的补服（一种饰有品级徽识的官服）。

（选自《作家文摘》第 2334 期）

传奇的水晶

在影星玛丽莲·梦露家的客厅中，曾有一件艺术品尤其引人注目——悬挂在客厅墙上的"太阳之光"挂钟。多面体的水晶折射出太阳的光芒，在不同的角度都有不同的美。

"太阳之光"来自法国水晶品牌巴卡拉（Baccarat），它已有255年传奇历史，既代表着极致与精湛的水晶工艺，也是身份与地位的象征。

除了梦露这样的明星，巴卡拉的水晶制品还有一长串尊贵的客人。2014年诺曼底登陆70周年之际，英国女王伊丽莎白二世与时任法国总统奥朗德碰杯庆祝时手持的杯子，便是来自巴卡拉的Juvisy系列香槟酒杯。

虽然是王室之选，但巴卡拉时常也平易近人。女士们熟悉的Dior"真我"、"MissDior"香水瓶的原型，还有男士们追捧的轩尼诗－理查干邑的水晶瓶身，都是巴卡拉一手出品。

郭敬明的电影《小时代》中经典一幕——"林萧打碎了宫洺的杯子"，就是打碎了巴卡拉的酒杯；电影《五十度灰》中显示总裁的高贵品位，是以一只巴卡拉的白葡萄酒杯；电影《猎场》中庆祝决定性胜利的一刻，特意准备了巴卡拉的香槟杯……

巴卡拉原本是"王侯们的水晶"，从诞生那天，巴卡拉便与王室结下无与伦比的缘分。1764年，法国国王路易十五授权梅斯主教在巴卡拉 Baccarat 小镇开设玻璃厂，最初它被命名为圣安妮玻璃厂，这就是巴卡拉水晶的源头。

1823 年，工艺已臻至高境界的巴卡拉接到来自法王路易十八的第一张王室订单，自此完全成为"王室宠儿"。巴卡拉水晶将光的艺术，带入法国国王的典礼中，俄国沙皇的酒宴里，英国女王的餐桌上，印度土邦主的行宫之内……历经 200 多年，它已被时光与匠心铸就为一个晶莹剔透、璀璨生辉的传奇。

1878 年，"沙皇枝形大烛台"首次在巴黎世博会上展出，后来沙皇尼古拉二世和皇后抵达巴黎，觉得这座烛台妙极了。不过他们觉得用电灯更加时髦，就决定为圣彼得堡的宫殿订购一座电灯版的枝形吊灯。

传奇的基石是工艺，懂得匠心之美的人，才能理解巴卡拉的光芒从何而来。巴卡拉水晶原料来源于比利时特选专供的精细幼沙，它使巴卡拉水晶拥有无可匹敌的密度及卓越出众的通透感。在广泛机器化的现代，巴卡拉始终坚持人工吹制。2018 年，巴卡拉以齐内丁·齐达内的"神奇左脚"为原型，倾心打造了 100 只水晶左脚，并将出售所得全数捐赠于慈善协会。此举获得国际一片赞誉。

（选自《作家文摘》第 2298 期）

间谍装的诱惑

◎ Ying

从电影《尼基塔》到《杀死伊芙》，独立强大的女性间谍越来越多，间谍形象向来是影视作品中非常受欢迎的角色类型。女性间谍尤其为这些文艺作品中增添了无数的趣味与美感。

女权主义作家娜塔莎·沃尔特说："小说应该塑造更多的女性间谍，毕竟女性可以被训练出来保守秘密。"她的小说处女作《平静的生活》就是一部以女性为主角的间谍惊悚小说。

娜塔莎虽不是第一个尝试女性间谍题材的作家（1963年，已有女性动作冒险作品《Modesty Blaise》–译名为《女谍玉蛟龙》问世），但也是为数不多的一位。

距今最近的一次尝试是BBC美国台的《杀死伊芙》。这部剧屡获奖项（包括9项艾美奖提名），电影将在明年春天首映。意大利品牌Max Mara为这部尚未完成的电影设想了属于主角的衣橱。

在最新的一季Max Mara2020春夏系列中，就塑造了优雅自信，又带有几分危险、兼具实用主义的女性间谍范本。

电影从伦敦开始，一辆汽车在雨中驶过白厅，高跟鞋在这权力中心的走廊上发出清脆的声响。主人公穿着间谍风格的风衣和垫肩"鲨皮"格纹三件套装在一片漆黑寂静的镶木办公室里穿梭而过。去机场时，她一定会穿一件宽大廓形的猎装夹克，背着设计精美的Whitney Bag（惠特妮包）。

与任务相关的是鸡尾酒会，或是在州长官邸举行的盛会，业务水平在线的女间谍对一切可能发生的情况都做好了准备。她穿着白色涡纹印花斜裁长裙和配以硬肩带的柔美礼服，在丝绸裙摆流转间发出的窸窣声中穿过草坪，走向一架正在等候的直升机。

随后，她换上趣味十足的黑白印花软薄绸，在梅菲尔区一家低调的小酒馆享用午餐。下一幕，一架私人飞机将我们故事的女主角送到一个棕榈环绕的岛屿。她乘快艇迅速穿过波光粼粼的海湾，来到一个隐蔽的藏身之处。

她喜欢热带军装——及膝短裤搭配多口袋衬衫，有尼罗河绿、贝壳粉和粉蓝色等选择。即使是在丛林追逐时也能镇定自若，从容不迫。在最新款的包袋系列里，有小巧、柔软的款式，也有大到可以装下一切的款式。

Max Mara2020 春夏系列秀场的妆容是非常典型的谍战电影中会出现的女主妆。深树莓色、桑舍色、浅黑色……配合同色系眼影，高光加持，呈现一种冷艳梦幻的妆面氛围。

（选自《作家文摘》第 2274 期）

英国女王衣柜的秘密

　　英国女王的助手兼王室首席造型师安杰拉·凯利撰写了一本新书，让人难得地窥见女王衣柜的内部……

　　从在桑德灵厄姆发表圣诞贺词，到出席游园会，再到现身皇家赛马会，女王的日历上满是大大小小的活动。凯利和她的团队要提前策划，把未来的着装计划放在每月做了标记的活页夹里。

　　在女王的定制衣柜中，每件东西都从她要参加的活动来考虑，特别是在颜色和装饰上。如果现场有孩子，女王的着装也许会加上羽毛、鲜花和丝带元素；如果是去医院或者探望老人，她会穿戴鲜艳的色彩，便于有视力障碍的人看到她。

　　女王的鞋大多为手工制作。如果她需要在石子路或草地上行走，鞋跟通常不会高于两英寸（约合五厘米）。女王的鞋要有人来试穿，以保证舒适性。

　　女王把所有日常衣服挂在自己衣帽间的衣柜里，随时可以拿出来穿。不过，特殊场合的服装和晚礼服存放在另一处衣柜里，王室出门旅行之前，收拾行李及准备工作也是在那里进行。

　　女王的衣柜里有30多把五颜六色的雨伞，按照颜色分门别类摆放。如果下雨，她会打上其中一把透明的雨伞（每把伞的边缘都有不同的颜色，以便与她的着装相配），这确保了哪怕是在最阴雨的环境下，她依然是引人注目的。

与追逐潮流相比，女王偏爱经典款，这让她荣登"时尚达人"宝座。凯利在书中写道："虽然女王并不认为自己是时尚达人，不过我非常清楚很多人是这样认为的。她总是符合潮流、引领时尚。事实上，她在选择自己的装束时，从来就没有犯过错，她从迪奥和香奈儿的经典款式中获得了灵感。"

无论什么场合，女王的帽子总是与着装相协调。帽子的大小取决于在场人数的多少以及她是否需要进出汽车。下午 6 点以后，女王就不会戴帽子了。

凯利说，如果王室要外出 10 天，她可能需要带上多达 30 套衣服，每个活动场合都有两套衣服可供选择。

女王过去出行时总是带着三个巨大的皮革衣柜，不过在这些衣柜用坏了以后，造型团队有一段时间把女王的衣服装在尼龙服装袋里。2000 年女王去意大利时，出了一个小小的意外，女王的服装袋散落在停机坪上，全部泡了水。现在凯利用的是从弗雷泽百货购买的带轮子的行李箱，并且用薄纸来分隔里面的衣服。

凯利写道："通常女王一件外套的寿命可长达 25 年。女王总是很节俭，喜欢尽可能地对衣服做一些改动，然后再利用。"不过，一套服装在公开场合穿过三次以后，可能就要留在私人场合穿了，要么就得做出一些改动，变成一件新衣服。

（选自《作家文摘》第 2285 期）

张爱玲的衣感

◎ 王一心

张爱玲爱漂亮，对穿衣打扮、挑选服饰颇有自己的态度。当年曾有一幅漫画登载在报刊上，题目叫"钢笔与口红"，画的是3位正走红的上海滩女作家，潘柳黛、苏青和张爱玲。画上张爱玲身穿一件古装短袄，旁边有一行字，写着："奇装炫人的张爱玲"。

受到生母黄逸梵和继母孙用蕃的影响，小时候的张爱玲就十分有衣感，看到母亲穿绿短袄别翡翠胸针，张很喜欢，而且发誓"八岁要梳爱司头，十岁要穿高跟鞋"。张爱玲也承认自己是天生的"clothes-crazy"（衣服狂）。在香港时，张爱玲将自己对衣着服饰的嗜好释放出来。到了上海，她自己设计衣服、搭配衣服，竟成了上海的时髦精。

1945 年 4 月 6 日，张爱玲在上海《力报》上发表了一篇小文——《炎樱衣谱》，这篇文章是张爱玲为好友炎樱要开的时装店撰写的一篇广告软文。广告中描写服饰的文字如下：

> 草裙舞背心：从前有一个时期，民国六七年罢，每一个女人都有一条阔大无比的绒线围巾，深红色的居多，下垂排穗。鲁迅有一次对女学生演说，也提到过"诸君的红色围巾"。炎樱把她母亲的围巾拿了来，中间抽掉一排绒线，两边缝起来，做成个背心，下摆拖着排须，行走的时候微微波动，很有草裙舞的感觉。

罗宾汉：苔绿鸡（麂）皮大衣，长齐膝盖，细腰窄袖，绿条清简。前面一排直脚纽，是中国式的，不过加以放大，鸡皮扭作核桃结，绒兜兜也非常可爱。苔绿绒线长筒袜，织得稀稀地，绷在腿上，因为多漏洞的缘故，看上去有一层丝光。整个的剪影使人想到侠盗罗宾汉。

绿袍红纽：墨绿旗袍，双大襟，周身略无镶滚。桃红缎的直脚纽，较普通的放大，长三寸左右，领口钉一只，下面另加一只作十字形。双襟的两端各钉一只，向内斜，整个的四只纽扣虚虚组成三角形的图案，使人的下颔显得尖，因为"心脏形的小脸"，穆时英提倡的，还是一般人的理想。本来的设计是，附带地还有一种桃红的 Bolero（前胸敞开的女短上衣）。

张爱玲笔下的这些服饰，就算拿到现在来穿，也不会过时。

张爱玲喜爱色彩碰撞强烈的衣服，在《对照记》中有两张照片穿着广东土布做的衣服，是她在战后从香港买回，图案是"最刺目的玫瑰红印着粉红花朵，嫩黄绿的叶子"，印在"深紫或碧绿地上"，这种"乡下只有婴儿穿的"广东土布后来有了一个更为我们熟知的名字：香云纱。

她去游园会的时候遇到影星李香兰，因为当天穿着她最得意的那件"很有画意，别处没看见过类似的图案"（《对照记》）裙子，所以才洋洋得意地拍了照，她觉得在那一刻，她比李香兰更美。

（选自《作家文摘》第 2250 期）

时装秀起源

◎ 椰格

经济萧条下的创意

1845 年，爱尔兰大饥荒爆发，动荡导致了英国物价上涨，进而致使所有欧洲国家的消费经济都太不景气。

英国人查尔斯·沃斯在巴黎的服装商店也是生意惨淡。沃斯最终想出了一个好主意，让女店员身穿披肩向顾客展示，吸引人们掏钱购买。小小的创意让商店门庭若市，很快店里的披肩卖完了。

沃斯一战成名，后来成了享誉全球的巴黎第一代高级服装设计师。而他的创意，也在不经意间开启了一种新的潮流。

19 世纪的巴黎，沙龙文化盛行。这是小圈子服装秀天然的摇篮，服装业相关的朋友们只需雇佣几名模特，穿着他们设计的新衣服在厅内展示，就能极大地提高设计师的交流效率。后来小型沙龙不断合并成大沙龙，人们进而对演出形式、主题做出了更多规划，并专门安排一年里一周的时间集中展示服装设计界的新作品。这就是现代时装周的前身。

美国人抢走头炮

可惜现代时装周的头炮最终还是被大洋彼岸的美国人抢

走了。

1945 年，第一届纽约时装周正式举办，这也是人类历史上第一次现代时装周。背后的原因也有些无奈，因为在二战前期战败的法国时尚业凋敝，巴黎还被纳粹德国占领了，美国时尚人士没法参加巴黎的展览，只好在纽约举办了自己的本土时装周。

直到 1973 年，时尚历史更悠久的巴黎才举办了自己的第一届现代时装周。举办地点是过去法国王室的骄傲——凡尔赛宫。

之后，欧洲其他大都市也不甘示弱，纷纷在 20 世纪末举办了自己的大型时装周。

上世纪 20 年代，是上海的百货公司大规模引进时装表演这种促销形式的高峰期。著名的先施公司用英国绸布制作常服、礼服、跳舞服等，在公司五楼邀请中外名媛穿衣展示。不久，永安公司也举办了一场"新妆大展览"，宣传欧洲流行装扮。

时装秀的爱国情

1928 年，中国第一场现代意义上的博览会"西湖博览会"开始筹办。时势危局下，浙江省府试图通过引进西方的博览会模式，展览中国各地的名产，提振人民爱国奋战的斗志。

得知消息的冰心专门撰文——《时装表演与国货》，希望省府杭州在博览会期间举办一场大型时装秀，展示中国的服装设计潮流和中国女性饱满的精神。冰心认为，在西子湖畔举办的这场时装秀，将会在多个方面激起观众的爱国热情。只是由于当时时局艰难，杭州还是没能迎来自己的时装秀。

1933年2月，在时局危亡的大背景下，爱国热情高涨，提倡国货成为当时救亡图存的方式之一，上海商人李康年等人创办国货公司。当年5月，这家公司就举办了一场由胡蝶、徐来、艾霞等当红小花担任模特的国潮时装表演。同时期的广州、天津等大商港也出现了类似的演出。

1979年法国设计师皮尔·卡丹带队于上海、北京举办了两场时装秀。对于刚从绿军装和蓝工装时代过来的中国人来说，这次表演的视觉冲击是让人终身难忘的。

（选自《作家文摘》第 2264 期）

倾国之恋：温莎公爵夫人凭什么

1936 年，温莎公爵（爱德华八世）为了迎娶曾两度离异的美国妇人沃利斯·辛普森不惜宣布退位。人们惊叹王子不爱江山爱美人，但沃利斯·辛普森并没有通常的美貌，是她的智慧成就了她。她兴趣广泛、幽默顽强，在任何场合都有不凡的言论。她的品位独特，当年不仅多次登上《VOUGE》杂志，还入选了"国际最佳着装名单"。

她穿火了很多品牌，去世后，很多社会名人抢着从拍卖行购入她的衣物，"玉婆"伊丽莎白·泰勒就花重金拍下了她的胸针。

过了大半个世纪之后，温莎公爵夫人依然是很多设计师的灵感来源。"海盗爷"约翰·加利亚诺时期的迪奥 2011 秋冬系列里的一套礼服，灵感就来自沃利斯第一次见爱德华王子时的造型。

而她衣服上的元素也总被很多"时装精"致敬，2012 年，时尚女魔头安娜·温图尔穿着普拉达的龙虾裙参加纽约大都会艺术博物馆慈善舞会，致敬的就是公爵夫人曾穿过的那件经典龙虾裙。

关于温莎公爵夫人的电影《倾国之恋》里有一段独白："没有人夸我美，只是说我有魅力，这其实是委婉地说一个女人最大限度利用了她的资源。我无甚美貌，唯有衣品出众。"

各种礼服裙就是她的战袍

　　公爵夫人的童年生活非常艰苦，跟着母亲寄居在舅舅家。她在 18 岁时，获得了参加一场重要舞会的机会。她说服舅舅赞助自己 20 美金，定做了一件白色缎面礼服，据说这些钱在当时都能买 30 件新衣服了。在那场舞会上，她不是长得最漂亮的，却是最有魅力的那一个。她也从此"一战成名"。

　　公爵夫人在服装方面眼光独到，也特别有想法。她的很多战袍都是定制的，不少礼服裙成为时装史上的经典。

　　最著名的一件战袍是上面提到过的龙虾裙。这条裙子是 1937 年她在婚前拍照的时候穿的，由 Elsa Schiaparelli（埃尔莎·斯基亚帕雷利）设计，6 个顶级工匠，耗时 250 个小时完成。轻薄的面料衬得她仙气十足，配色和龙虾图案带着调皮的少女感，非常摩登。

　　Elsa Schiaparelli 是 20 世纪 30 年代最具创新精神的时装设计师，被称为超现实主义设计师，喜欢将艺术与时装相结合，她的设计大胆、独特，当时的影响力和香奈儿女士持平。这件龙虾裙是她和艺术家达利合作设计的，也成为其代表作之一。同样思想和眼光都前卫的公爵夫人很喜欢她的设计，两人私交也很好。

　　另一件她穿着登上英国版《Vogue》的礼服，凌乱的线条图案特别有现代感，搭配三角礼帽，现在看都非常洋气。

　　温莎公爵夫人喜爱这个牌子到什么程度呢？据说她和当时还是王子的温莎公爵共进晚餐时，王子不小心扯坏了她 Elsa Schiaparelli 礼服的下摆，她当即就不顾形象地大叫："天呐，这可是 Elsa Schiaparelli 的礼服。"

除了 Elsa Schiaparelli，同时代著名设计师 Mainbocher（第一位在巴黎开设高级时装屋的美国时装设计师）、Molyneux 也为她定制了堪称经典的礼服。结婚时穿的一套蓝色婚服，是 Mainbocher 专门为她定制的。和很多传统婚纱款式不同，这件把胸衣和连衣裙完美融合在一起，流线型的鱼尾款式把身型勾勒得恰到好处。这种礼裙款式甚至直接被命名为 "Mainbocher 式胸衣"，连颜色都成了专属的 "Wallis Blue"（沃利斯蓝）。这条裙子后来被送到纽约大都会博物馆珍藏。

迪奥先生也曾为她定制礼服——一款天鹅绒晚礼服，在腰部和衣领处进行了印度式刺绣，大领口和收腰的设计也很能突出她的身材优势，这款连衣裙因此得名 "拉合尔连衣裙"（拉合尔为地名）。

从上世纪 60 年代开始，温莎公爵夫人爱上了纪梵希，经常在正式的场合穿。公爵去世时，纪梵希先生为其连夜赶制了一件黑色外套，搭配了面纱，因为戏剧性很强，在低调的王室里显得非常突出，当时她已经 76 岁。

穿得比别人更好看

不光是礼服。在穿衣上，温莎公爵夫人的目标是要一直 "穿得比别人更好看"。

她对自己的要求严格，身材多年如一日保持得很好。公爵夫人曾在接受《Bazaar》的采访时说，她一开始对时尚就有自己的看法，在找到适合自己的风格之后就不会随意改变了。

温莎公爵夫人很清楚自己的身材优势，修长匀称又略带骨感。她爱穿的衣服，不管是夏装还是冬装，款式都蛮相似，修身、腰线明显、设计简洁，看起来利落又有女人味。

腰带是她的一大法宝。那个年代的女人系腰带还蛮普遍的，但多是和衣服配套搭配，全身同色系。不同的是，公爵夫人偏爱用腰带和裙子撞色，增强造型感。

她也很喜欢用珍珠项链搭配连衣裙，即使是休闲款，有了珍珠也会十分优雅。秋冬私服中最常见的，就是得体的优雅套裙了。和选礼服的喜好一样，套裙也很注重腰线，以及都会搭配一条项链。大多数套装都是收腰垫肩的款式，搭配过膝半裙，把她细腰腿长的优势都发挥出来了。

常年在法国生活的公爵夫人很爱格纹，各种格纹都穿了个遍。他们夫妻俩的情侣装也是教科书级别的，公爵穿大格纹，夫人就搭配细格纹套装；或是俩人穿一模一样面料的西装外套；偶尔公爵夫人会在袖口使用小面积的维希格纹，来呼应公爵的维希格纹领带……

珠宝是她风格的点睛之笔

温莎公爵夫人能在时尚圈有自己的一席之地，她收藏的价值连城的珠宝功劳很大。

温莎公爵和她在一起之后，几乎每隔一段时间都会送一件精美昂贵的珠宝给她作为礼物。除了个别王室珠宝，大部分都来自卡地亚、梵克雅宝、Harry winston 等顶级珠宝品牌，风格在当时十分前卫大胆。

1986 年温莎公爵夫人去世后，她的大部分珠宝都捐赠给了巴黎帕斯特医学研究所，第二年拍卖，当天 300 余件珠宝总成交额达 5350 万美金，按现在的汇率算也足足有 3.68 亿人民币！

翻看她的照片，无论是穿礼服还是日常穿搭，她几乎每次出现都会佩戴至少一件珠宝，作为造型的亮点。

出镜率最高的要属 1953 年温莎公爵夫人出席凡尔赛宫慈善晚会，戴的那条卡地亚 Bib Draperie 围兜项链，它由松绿石、紫水晶和钻石及黄金组合而成，各色宝石交相辉映，一度成为了她的心头好，去哪儿都要戴着。

梵克雅宝红宝石羽毛胸针、手链、项链三件套则是慢慢凑出来的，分别在他们相恋、温莎公爵放弃王位前和温莎公爵夫人四十岁生日时送出的。项链上的钻石代表公爵，红宝石代表公爵夫人，温莎公爵还在项链上刻了 "my Wallis from her David 1936" 表达自己的爱意。

公爵夫人还有一条特别百搭的珍珠项链，28 颗超大的天然珍珠温润醒目，上面的钻石珍珠吊坠还可以取下来当胸针，这也是唯一一件来自英国王室玛丽王后送的珠宝。无论搭礼服裙还是日常穿的优雅套装，都能大大提高精致感。

梵克雅宝经典代表 Zip 系列的创意，其实是温莎公爵夫人想出来的。1939 年温莎公爵夫人建议当时的艺术总监以拉链为原型设计一款珠宝，历时将近 11 年，它才真的被研发出来，到今天依然在高级珠宝领域中占有标志性的地位。

除了项链，胸针也是她时髦穿搭中不可或缺的一部分，有人评价她是最会戴胸针的人之一。她的那枚由蓝宝石、钻石、祖母绿、红宝石和黄水晶制成的火烈鸟胸针，被誉为"20世纪最经典的珠宝之一"，火烈鸟的脚丫还是可以动的。

另一款镶嵌着彩色宝石的心型胸针也大有来头，温莎公爵在两人结婚20周年时，把它作为纪念日礼物送给夫人。上面用祖母绿镶嵌的字母 W 和 E，代表两人的名字 Wallis 和 Edward，罗马数字 XX 代表20。

在公爵夫人几百件珠宝中，她最喜欢的还是1934年收到的卡地亚十字架 Charm 手链。这个手链最初收到的时候只有一个铂金的十字架，上面刻着"we are two"。其余的十字架，则分别代表了1934—1944年这10年间，对他们而言8个值得纪念的时刻，每个十字架后面都刻着专属情话和密语。面对这样浪漫的礼物和绵绵情意，也难怪她走到哪里都要戴着了。

（选在《作家文摘》第 2392 期）

法国男人一年四季戴围巾

◎ 林佳明

　　在被称为时尚国度的法国，不单女人们对于穿衣搭配有独到的研究，男人们对于自己衣衫与配饰选择的认真程度也十分令人惊讶。比较直观的特点之一，就是法国男人对于围巾的执着。

　　说法国人最爱在脖子上下力气不是没有原因的。在巴黎、里尔、斯特拉斯堡等北部地区，每到夏季刚刚结束的9月，法国男人就开始迫不及待地围起围巾。一直到第二年的四五月份，甚至初夏时节，围巾依然被法国男人依依不舍地戴着。

　　到了炎炎夏日，法国男人就放弃戴围巾了吗？当然没有，法国人对于脖子上的佩饰简直玩出了花儿，冬夏季节的区别只在于围巾的薄厚与颜色。在六七月份，法国男人很喜欢用一身浅色休闲西装或者衬衫佩戴着薄薄的丝巾，颜色相当大胆，红色、紫色、波点都可以成为他们脖子上围巾的配色。在南部的地中海沿岸，即便在气候温暖舒适的日子里，丝巾也是不少法国男人坚持佩戴的饰品。

　　作为世界"时尚风向标"，古驰、路易威登、迪奥、纪梵希等法国各大奢侈时装品牌纷纷不失时机地在每年的不同季节推出不同款式的围巾、丝巾，在一定程度上对"围巾风潮"起到了"推手"的作用。

　　不同于生活在冰天雪地的北欧和北美国家的男人，法国男人仿佛并没有将围巾单纯地当作裹在脖子上的防风保暖用品，而是作为日常服饰搭配的一部分。在巴黎，这种现象就更明显了。无论什么季节，在巴黎的街头都很容易看到身着西装、休闲装，搭围巾的男人。甚至有不少网站在教授"如何才能穿的像巴黎人"时专门列出一条：请一年四季都佩戴薄围巾或丝巾。

法国人对于丝巾、围巾的执着，要追溯到封建时代后期。在17、18世纪的法兰西王国时代，宫廷里大大小小的人员和各地贵族们无一不用丝绸作为领部的装饰，这种穿衣风格深深地影响着法国曾经的"上流社会"。从某种程度上来说，佩戴围巾和丝巾也算是这一传统在现代的延续。

此外，法国人"摘不掉围巾"的穿衣风格还同法国的气候特点有一定联系。法国虽然因常年受到温带海洋性气候影响，环境总体舒适宜人，但如果按纬度来看，基本同中国的东北地区处在同一区间，而且一年四季都会有来自地中海和大西洋的海风吹袭陆地，春秋季节温差明显，即便是夏天也会偶有凉意。在这种天气下，穿棉大衣显得太过闷热，内穿便装、外穿轻外套搭配薄围巾不仅保暖，也适合出席不同的社交场合。

这样一个奇怪而又颇具风格的穿衣习惯，在法国的男明星身上也有很明显的体现。比较具有代表性的要数阿兰·德隆和让-保罗·贝尔蒙多，无论在影视角色中还是在日常生活中，这两位几乎齐名的法国影星都常以佩戴丝巾、围巾的形象示人。

（选自《作家文摘》第 2217 期）

黄逸梵爱的那一抹蓝绿

◎ 林方伟

酷爱设计

张爱玲母亲黄逸梵对设计的酷爱，从她在 1957 年 3 月 6 日写给闺蜜邢广生的信里可见一斑。

黄逸梵用了 300 字教导邢广生如何装修刚购得的新家，巨细靡遗地告诉邢该选购什么颜色的窗帘配墙壁，钱该怎么花在刀口上："就是灯要好点。""吃饭房不用太华丽，要颜色爽越简单清净为上。"显然，在南洋的日子对她影响颇深，她所建议的家具也很接地气，都是南洋当地材料制作的竹桌椅、竹书柜，还忍不住把脑海中的竹柜造型画了出来，同时"应当买那种马来亚做的草毡子"。最后，她语重心长地劝邢"自己房子是值得花点钱"，正如邢广生所记得：黄 1948 年在吉隆坡时虽是租房住，而且也没久留的打算，但她的家居陈设仍很讲究、气派：墙上挂着"有水准的"油画，地铺高贵地毯，连梳妆台都是她亲手设计的。

黄逸梵说起家居设计滔滔不绝、叨叨絮絮的语气，和张爱玲跟闺蜜邝文美信里说起裁剪旗袍的口吻和兴奋是同声同气，如出一辙的。

1957 年 10 月 12 日，张爱玲写信请邝文美帮她裁三套旗袍，也是巨细靡遗地画图千交代、万嘱咐她该选什么花色的料子、该怎么滚边、选什么花纽。其中一款外套式的旗袍，袖宽如袄，又似风衣，像极了张爱玲在上海孤岛时期蹿红时穿来拍照的清朝外袍。一个月后，11月16日，张爱玲又写信告知邝文美之前的旗袍设计有所修改，要将黑旗袍周身一道滚湖色窄边，看张爱玲的手绘图，整件旗袍宛如花瓶。张爱玲不好意思自己左改右改，承认衣服狂的自己看到衣服就忍不住"啰唆不休"。

不规则设计风格

张爱玲在《小团圆》和《对照记》形容过母亲在上海公寓设计的家具和"照毕加索画编织的地毯"。记者在邢广生槟城面海的家里看到了黄逸梵设计的梳妆台。黄赴英时将它赠予邢，现摆在邢家客房。邢显然视为珍宝，梳妆台保护得很好，完全看不出至少有71年的岁月痕迹。

从木纹看得出黄逸梵选用了很好的材料，像是花梨木或榆木，妆台造型设计奇特，但又看出独到匠心。台面和抽屉部分极矮，化妆时要像个日本女人那样跪坐，或是坐在极矮的小凳上。黄逸梵似乎喜欢不规则的设计，四个抽屉的宽度和深度不一，第二层的扇形抽屉最抢眼，那弧线打破了柜子四方、长方硬邦邦的格型，为妆台注入一丝女性的柔情。妆台整体造型细致、高雅，走艺术装饰风，但镜底却独具匠心地融入中国风木雕。镜子拉长，是为了兼当穿衣镜，也解释了为什么妆台刻意设计得那么矮。

《对照记》里有张照片，是张爱玲姑姑坐在她曾和黄逸梵合租的公寓里。张爱玲写道：

> 我母亲离婚后再度赴欧，我姑姑搬到较小的公
> 寓……迁出前在自己设计的家具地毯上拍照留念。

细看照片中的艺术装饰风柜子，它的台面刻意不做平，突出一个柜子的设计不正与黄逸梵梳妆台不规则的风格如出一辙吗？不排除这柜子其实出自黄逸梵之手，要不她至少有参与设计。

母女皆爱蓝绿色

黄逸梵与张爱玲的血液里静静地淌着一抹蓝绿。张爱玲的童年相片里有一张是黄逸梵上色的，《对照记》里忆述：

> 记起那天我非常高兴，看见我母亲替这张照片着色……她把我的嘴唇画成薄薄的红唇，衣服也改填最鲜艳的蓝绿色。那是她蓝绿色时期。

其实，蓝绿期从未离开黄逸梵，还随她到了南洋。1948年，她在吉隆坡和邢广生某次逛街时特地帮邢选了一块蓝绿色的布料裁旗袍。上海孤岛时期，张爱玲的著作也染上这一抹蓝绿：

> 我第一本书出版，自己设计的封面就是整个一色的孔雀蓝，没有图案，只印上黑字，不留半点空白，

浓稠得令人窒息。

张爱玲为《天地》杂志设计的封面，一个无名女子的脸庞化为一片大地，宛如地母，仰望着的，也是一片浅淡蓝绿的苍穹。《对照记》里写道：

> 姑姑说我母亲从前也喜欢这颜色，衣服全是或深或浅的蓝绿色。我记得墙上一直挂着的她的一幅油画习作静物，也是以湖绿色为主。遗传就是这样神秘飘忽——我就是这些不相干的地方像她，她的长处一点都没有，气死人。

（选自《作家文摘》第 2222 期）

19世纪英国男女为胡子疯狂

◎ 纪双城

在伦敦的维多利亚和阿尔伯特博物馆，展示着一把奇特的勺子。这是19世纪维多利亚时代专为蓄须男士设计的汤勺，喝汤时上面的挡板会把胡子抬起来，这样汤就不会沾湿绅士们的胡须。当时，蓄须是达官贵人的身份象征，被英国看作是最伟大探险家的理查德·伯顿，甚至还同嘲笑他胡须的牛津大学学生展开了一场决斗。

当年的英国人流行留胡子，很大程度上是受了拿破仑和印度人的影响。1799年到1815年间，英国与法皇拿破仑的军队交战，而在这个过程中，一些英国官员开始仿效好战的法国人留胡子，据说留胡子是"令人感到恐怖的象征"。而在同一时期，英国将印度征服为殖民地。在印度，男人留胡子代表男子气概。可是英国派驻印度的官员大多"嘴上无毛"，故而常被印度人耻笑为"娘娘腔"。为此在1854年，英国发起了"蓄须运动"，规定驻印度的孟买团全体官兵一律留胡子。到19世纪60年代，留胡子成为英国军规中的一则条款，而留胡须的人被看作是有教养和受过严格训练的标志。胡须需要经常刷洗，并涂以润滑油。胡须的根部则需要使用有专利称号的护须产品进行护理，还需要经常修剪。

宗教文化也是鼓励更多英国男性留胡子的另一个重要原因。当地的教徒愿意相信刮胡子在某种程度上是不虔诚的。宗教领袖对外传递的信息也是大胡子的男人比油光粉面的男人更加虔诚。

在19世纪40年代至60年代之间，英国民间流传着一系列书籍，警告维多利亚时代的人们，刮胡子是一件很危险的事。当时的英国，还有一些作家向公众推广一些"理智的常识"，他们强调大胡子对健康的益处。他们说刮掉胡子使男人的生活面临险境，尤其是威胁到呼吸器官。当时，肺结核是普遍的致命杀手，每个冬天主要的城市都会被迷雾笼罩，大胡子的支持者认为浓密的胡须就像"自然过滤器"，过滤了空气而且让脖子免受风寒。

于是英国人将关注度放在了如何留胡子上。为了保持胡子的造型，维多利亚时代的英国男性经常会给它打蜡。但是喝热饮料的时候，热气却会让蜡融化，甚至掉进杯子里。热茶和热咖啡成了绅士们的心中之痛。于是在当时，很多英国男性都有一个"护须杯"。

在19世纪的英国，胡子不仅是男性身份地位的象征，就连女人也要为自己的社会地位"留"出一捧胡子。19世纪初，紧随时尚潮流的英国女性"美须"高招层出不穷。其中一派采用纯手绘技艺，使用"描须铅笔"在脸上绘制出胡须的样式；另一派为了胡须自然、美观，直接"植须"，并长期坚持使用"生须药水"。史料显示，当时一种名为"罗刹神油"的生须水风靡伦敦，商家鼓吹这种产品能让胡子长得"又长又结实"。还有一款"无双液"能把胡须染成棕色或黑色。当时的女子除了千方百计地蓄须外，还纷纷表示"誓死不嫁不留胡子的男人"。

一战时，蓄须风在英国达到顶峰。英国征兵海报上的人物——英国陆军大臣吉钦尼尔就是一个典型的蓄须男，人们从他犀利的眼神中仿佛读到：你们的国家需要你们，留胡子的英国公民应该为国家赢得荣誉。但20世纪中期，尤其是二战后，随着全球民族主义运动的兴起与英国国力的日渐式微，大英帝国逐渐瓦解，蓄须之风渐渐地不再盛行。

哈罗德·麦克米伦是最后一位支持英国人留胡子的英国首相，但由于战争，他的"小胡子梦想"也随之破灭。留着胡子的著名喜剧大师查理·卓别林深入人心，胡子也逐渐成了丑角的标志。由于希特勒留胡子，胡子又成了恶劣形象的代表，英国男人开始与胡子分道扬镳。

（选自《作家文摘》第 2222 期）

眉毛暗语

◎ 梅子

"两弯似蹙非蹙罥烟眉，一双似喜非喜含情目"——《红楼梦》中，宝黛的初次相见，给宝玉印象最深的，就是林黛玉的眉毛和眼睛。作为五官中的"配角"，眉毛总在无声之间表达出人的内心世界。

画眉之风起于战国

眉毛，也被称作"七情之虹"。古代类书记载女子眉毛的有百余条，"愁眉""啼眉""绿眉""柳叶眉"等。因为眉目传情，且使面部更加立体，因此眉妆在我国古代的地位远高于眼妆。

我国古代特别强调女人的眉毛之美。事实上，很少有人满意自己的眉型，通常的做法是把它剃光，然后画上假眉。画眉之风起于战国，流行于全国许多地区。最早的"眉笔"随手可得，用柳枝烧焦后涂在眉毛上。

烧焦的柳枝必不能满足爱美的心。屈原在《楚辞·大招》中记载："粉白黛黑，施芳泽只。""黛"是一种青黑色的颜料，专供女子画眉。这是一种黑色矿物，也叫石黛，使用前先将其放在石砚上磨碾，使之成为粉末，然后加水调和，类似于如今的眼影粉。在出土的汉墓里，研究人员发现了不少磨石黛的石砚，说明这种化妆品在汉代已经在使用了。

热播电视剧《甄嬛传》中，皇帝对后宫的赏赐数不胜数，唯有"螺子黛"，引发了妃嫔之间的明争暗斗。螺子黛，也是一种画眉材料，始于隋唐时代。用现在的话来说，这是一款产于古波斯国的进口奢侈化妆品。时至今日，"蛾眉""粉黛"仍是美女的代称。

数千年来，在追求美的道路上，古今中外的女性从来不遗余力。据说，18世纪初的英法两国，粗而富有光泽的眉毛是美丽的标志。如果不幸眉毛薄而稀少，时尚的女性会用鼠皮制成假眉毛，再用胶水粘上，来弥补和掩盖先天不足。

眉毛的"争奇斗艳"史

汉代是我国眉妆史上的第一个高峰期，眉型呈多样化，从长眉到八字眉，还有以眉色命名的远山眉以及愁眉。

《西京杂记》中写："司马相如妻文君，眉色如望远山，时人效画远山眉。"这是说把眉毛画成长长弯弯的，像远山一样秀丽。后来又发展成用翠绿色画眉，且在宫廷中也很流行。《米庄台记》中说："魏武帝令宫人画青黛眉，连头眉，一画连心甚长，人谓之仙娥妆。"这种翠眉的流行反而使用黑色描眉成了新鲜事。

东晋时期画家顾恺之的传世之作《女史箴图》《洛神赋图》中，女子始终是细蛾眉。

唐代是妇女装饰十分繁盛的一个时期，尤以眉妆为最。史料记载，到了唐玄宗时画眉型式已多姿多彩，流行的就有10

种眉：鸳鸯眉、小山眉、五眉、三峰眉、垂珠眉、月眉、分梢眉、涵烟眉、拂烟眉、倒晕眉。

在唐代之前，眉毛大多以细为美，而当衡量美女的标准从瘦变为胖后，连眉妆的流行也从细长转为阔而短的阶段，形如桂叶或蛾翅。唐朝诗人元稹所做"莫画长眉画短眉"就是明证；李贺诗中也说"新桂如蛾眉"。特别是年轻女子非常讲究"削发露额"，画眉前，先刮掉原始的眉毛，然后再在脸上敷上妆粉。与原来的眉相比，"再创作"的眉毛从位置到形状都有所变化，又给女子扮美提供了无限可能。现在不少存世的唐代仕女画，就可看到当时女子"修眉"风行。到了宋代，据说在一些风月场所中的女子，百日内眉式无一重复。

唐代剃眉毛的时尚也流传到了一衣带水的日本。早在日本平安时代，在贵族中就有拔眉染齿的习俗了。《枕草子》《紫式部日记》等书中都有记载。

理想眉形的问题在古希腊一直备受争议。有一种说法是，希腊人喜欢长着连头眉的女子，这在一些文献中可以看到，如古罗马作家彼得罗纽斯口中"完美的女人"应该有"几乎要连在一起"的眉毛。

进入 20 世纪后，电影明星、超模等时尚人士的眉毛逐渐成了流行风向标。如黑白电影刚刚兴起，由于是无声电影，演员只能靠五官去表达情绪，所以当时女明星流行的是极细极长的眉毛，后半部分还要下垂，几乎是贴着眼角冲向鬓角，这种铅笔眉能帮助演员在银幕上塑造更夸张的表演；50 年代的优雅女神奥黛丽·赫本偏好将眉毛画得平且较长，上挑的角度很小，弱化眉峰，凸显出灵动的眼睛；而被好莱坞誉为世界"第八大奇迹"的 80 年代美国女星波姬·小丝由于拒绝修眉，引领了粗眉风潮，眉毛不再精致、根根分明，而是带有稍许狂野。

随着后来越来越多的女性走入职场，眉型似乎也变得更有力度，眉头的色调和眉峰的弧度都有了明显变化。

心情变化的指示器

眉毛一挑，嘴角一翘——或许，一个不经意的小表情就会暴露你内心的真实想法。

世界微表情研究第一人、心理学家保罗·埃克曼通过研究发现，真实的表情闪现最短可持续 1/25 秒内，随即取而代之以虚假的表情，快得连作出表情的人和观察者都难以察觉。

据称，眉毛有 20 多种表情动态，它们分别代表着不同的内心表情，如常见的"柳眉倒竖"，是用来形容女子发怒；"低眉顺眼"，形容他人的顺从；"横眉冷对"，形容他人的敌意等。在我国古代文学中，眉毛多与愁思或忧虑有关，宋代周邦彦就曾写过"一段伤春，都在眉间"。当然，有些表情的使用还有文化差异，比如，在日本，轻抬眉毛是不礼貌的表现，被理解为对异性无聊的挑逗暗示。

在所有关于眉毛的动作中，压低眉毛是最富有攻击性和侵略性的。经典电影《欲望号街车》和《教父》中，美国著名影星马龙·白兰度一对低沉的眉毛为他塑造了威严而冷峻的形象，为角色增色不少。

由此可见，眉毛总在无声之间传神地表达出行为人的内心世界，正因如此，眉毛被心理学家誉为"心情变化的指示器"。

（选自《作家文摘》第 2121 期）

古龙水秘史

◎ 陈钰鹏

　　上世纪八九十年代，改革开放的中国大地上流行一种名叫"古龙水"的香水。"古龙"者，科隆也，德国大城市，应该叫科隆香水，译者不是不知道，而是商家示其故弄玄虚。

　　话说 1792 年 10 月 8 日，德国望族银行家老米伦斯的儿子威廉·米伦斯举行婚礼。婚礼上，他收到了一份不同寻常的礼物：一张很旧的羊皮纸，它是卡尔特会僧侣馈赠的"紫茉莉水"配方。

　　不久，威廉·米伦斯在家开了一爿小作坊，根据僧侣在婚礼上赠送的配方生产香水，并起名"古龙水"（科隆香水），同时打出一个长长的牌子"弗朗茨·马里亚·法里纳，莱茵河畔科隆钟巷 4711 号"。科隆被法国占领后，规定整个科隆城里所有的房子实行流水编号，排到钟巷的米伦斯家，门牌已是4711 号。

　　威廉·米伦斯不愧出身于银行世家，他推出这个牌子真有点商标意识，事隔不久，科隆城里先后冒出五十几种打着"法里纳"牌子的古龙水，但"4711"独此一家。

　　不过正式用 4711 作为古龙水商标的是威廉·米伦斯的孙子费迪南德·米伦斯，1881 年，他以 4711 向商业局注册由他亲自设计的商标。费迪南德将 4711 大大地写在金 – 蓝色商标纸的中间，上边还用黑色小字写上"真正古龙水"。

18—19世纪，古龙水在全世界大为畅销，纽约和里加（现拉脱维亚首都）都先后开张了分公司；法王路易十五、拿破仑·波拿巴、莫扎特等名人都是忠实的古龙水用户；伏尔泰称它是一种能激扬精神的香水；歌德的写字桌附近则始终放着浸了古龙水的手帕。而那些纨绔子弟和花花公子更是把古龙水炒成占主导地位的男用香水。

　　古龙水的最初用途是"清凉"，后来却被吹捧成一种"药物"。按拿破仑于1810年发布的命令，所有具有药用价值的配方都必须公开，以便穷人也能享受。于是古龙水生产行会赶紧修正说它仅仅是香水而已，致使神秘的古龙水配方至今没有公开。

（选自《作家文摘》第 2128 期）

衣橱里的芳华

◎ 雷册渊

作为自我表达最直接的方式，服饰一直见证和记录着时代的变迁。改革开放 40 年里，中国的服饰审美、服装产业、时尚消费经历了怎样的嬗变？又藏着哪些时代记忆呢？

一石激起千层浪

改革开放前，中国人的服装色彩与款式十分单调，大家都是千篇一律的绿军装、灰色中山装、蓝色解放装。人们在外形上的差别，常常湮灭在宽宽大大、色彩相近的服装中。

1979 年 3 月，法国著名时装设计师皮尔·卡丹率时装表演队首次来北京、上海表演——这一举动，被视为"揭开了中国服装的'红盖头'"。此后几十年，关于服装的每一个动态都能"一石激起千层浪"。

1983 年，通行了 30 年的布票废止。随着改革开放的推进，人们的眼界逐渐打开，思想也逐渐解放，中国人的"爱美之心"重新被发掘了出来。原先不被认可的鲜艳亮色，逐渐为社会主流所接受和追捧。

1984 年，一部电影《街上流行红裙子》，让红裙子备受年轻女性青睐，随着各种花形、颜色的长裙不断面世，中国街头流动起了色彩。而对当时的男青年来说，头顶爆炸头、架着蛤蛤蟆镜、身着松垮的蝙蝠衫或花衬衫、喇叭裤拖着地、尖头皮鞋嗒嗒作响，成了 80 年代最时髦的扮相。

上世纪 90 年代，时尚风潮一夜吹起。年轻人纷纷追求"个性"，不仅服装上有了更多选择，染发、耳钉、文身等配饰文化也逐渐兴起，曾经的"有伤风化"逐渐变成了如今的"以之为美"。人们对时尚的追求越来越个性化，在互相碰撞中，不同声音之间也逐渐学会了尊重和包容。

衣橱里的时代记忆

40 年来，有哪些服装曾勾起了我们的回忆？

的确良衬衫改革开放初期，由"的确良"这种面料做成的服装，带给人们巨大的视觉冲击。让穿惯棉衣的人们眼前一亮。棉的确良、毛的确良（简称"毛的"）、卡其布的确良（简称"的卡"）等，也都成为一段时间内的抢手货，"的卡"上衣与"毛的"裤子的搭配，是当时最时髦的穿搭方式。

喇叭裤 20 世纪 80 年代，西方及港台时尚进入内地。《霹雳舞》等影片的热映，让喇叭裤、牛仔裤、蝙蝠衫、蛤蟆镜等标新立异的服饰，迅速成为新的时尚标准，受到青年人追捧。这些令人眼花缭乱的"奇装异服"成为当时年轻人思想解放、表达自我的注脚。

文化衫 20 世纪 90 年代，服装流行的速度加快。无论是健美裤、迷你裙，还是肥大 T 恤、破洞牛仔裤，都显现出了服装潮流更为多元化的发展趋势。一部《顽主》，让文化衫成为潮流。人们开始在衣服上书写个人的情绪，文化衫也成为年轻人表达自我的方式。

"中国风"服饰与日益国际化的服装市场、服装门类相同步的，是人们对带有中国元素的服饰的青睐。2001年上海APEC峰会，各国领导人身着中式对襟唐装集体亮相，在全球掀起了一场"唐装风潮"。随着《花样年华》《色·戒》等影片的热映，繁复瑰丽、颇具东方魅力的旗袍，也在海内外带起一阵阵"旗袍涟漪"。

近几年来，年轻人惊奇地发现，父母一代曾穿过的小白鞋、阔腿裤、连体衣，又成为潮流单品。90年代的流行风格被重新发掘，并被赋予了更多的现代意味。

（选自《作家文摘》第 2196 期）

无性别时尚

◎ 毗妃

眼下时尚界正在主张包容审美，其中无性别时尚就是包容审美的重要表现，它比追求性别中立的中性风更进一步，关键在于展示自身最美好的形象，男人可以很爷们儿地穿裙子，女人可以很温柔地穿西装。

那些"无性别"的明星

2019 年 5 月在纽约大都会艺术博物馆举办的 Met Gala，多位明星配合"坎普"主题的红毯造型，就是一次集体有意识的无性别亮相。

粉丝们昵称为"哈卷"的英国歌手、演员哈里·斯泰尔斯身穿 Gucci 黑色透视薄纱礼服，还戴了珍珠耳坠，涂了黑色和青绿色指甲，如此女性化的造型在他身上毫不违和。好莱坞当红演员埃兹拉·米勒身穿 Burberry 西装搭配加长裙摆，腰上是女性束腰腰饰。

模仿埃及艳后《出埃及记》的黑人演员比利·波特，全身上下金光闪闪的造型完全避开了性别特征。他如此高调拥抱无性别时尚已经不是第一次，2019 年年初的奥斯卡红毯造型更劲爆。那天他上身穿了红毯上常见的男士西装，下身却是拖地长裙。

女明星当中也有敢穿会穿男装的人物，比如好莱坞女星 Blake Lively，一年前她在纽约出街时引起轰动，原因是她穿了一套荧光绿西装套装内搭绿色针织上衣。那套造型本来是 Versace2019 春夏男装秀场造型，穿在她身上完全就是量身定制。

回看历史，时尚设计大师可可·香奈儿就曾偷穿男友的衣服，她还将情人的衣服改良成后世经典的女士套装。如今，当我们惊叹于权志龙、陈伟霆、黄伟文等男明星可以轻松驾驭 Chanel 女士套装时，一方面源于明星们的气质出众，另一方面是因为那些套装早年就脱胎于男装。

另一位追求无性别时尚的名人就是大名鼎鼎的伊夫·圣罗兰，他在 20 世纪 70 年代大胆地将上流社会男性装扮改良成极具辨识度的 YSL 吸烟装、狩猎装、女裤套装、束腰外衣等女性时装。

就在圣罗兰大胆改良男装的时候，滚石乐队、大卫·鲍伊等彼时正当红的摇滚巨星在舞台上的雌雄同体装扮，也为日后的无性别时尚风潮奠定了良好开局。

T 台展示最直接

无性别时尚最直观的表现还是 T 台。以往各大品牌分开举办的男女装秀，最近几年纷纷合办。Gucci 就是这方面的典型，男女装合并之后的每一季秀场上，西装套装、毛衣、裙裤、运动套装被展示出来，完全无法让人确定到底是男装还是女装。

Thom Browne 虽然没有合并男女装秀场，但男装秀场最近几季都会呈现出各种款式的裙装，包括超短裙、半身裙、长裙……应有尽有，让穿裙子不再是女性的专利。而在女装秀场，传统的男士西装都被女模特们演绎得格外生动。

西班牙新锐男装品牌 Palomo 算是无性别时尚的佼佼者，从创立以来就一直坚持女装男穿的路线。每一季秀场的男模们都会穿着紧身胸衣、短裙等传统意义的女性服饰亮相。

Prada 也是长期追求无性别时尚的高手，早在 2009 春夏秀场，设计师 Miuccia Prada 就让男模们穿上了肚兜、芭蕾舞裙、背系带衬衫等女装亮相，最近几季则主打男女装同款的无性别路线。

在历史长河的"T 台"之上，其实并不能严格意义地进行男女装划分，比如几千年前的古埃及，男人们就穿裙子，17 世纪开始，苏格兰男人就穿裙子。再比如过去在法国贵族男装上常见的蕾丝，后来主要应用在女装，但是近些年它越来越多地被运用到男装中去。Burberry2016 和 2017 两季春夏男装就有类似衬衫，而在 Versace2013 秋冬男装秀场则出现了黑色蕾丝内衣。

回想 1999 年，布拉德·皮特身穿女装连衣裙，演绎《滚石》杂志封面大片。5 年后，他主演的电影《特洛伊》上映，他在首映礼上表示，古希腊男女都穿裙子，为何现代人却放不下性别观念呢？

（选自《作家文摘》第 2267 期）

发际香泽

◎ 孟晖

早在 1500 年前，也就是六朝时代，女性的头油就经历过一次"拿来主义"。在此之前，头油原料取自动物脂肪，如猪脂，但在汉代通西域之后，胡麻引种入中国，于是，胡麻——也就是芝麻——所制的香油，就成了头油的时髦新材料。

另外，头油一向强调以芳香取胜，因此得美名曰"香泽"。战国秦汉时代，是在猪脂中加入天然的兰草、蕙草，因此也被称为"兰膏""兰泽"。随着陆路与海上丝绸之路的开通，各种热带、亚热带地区的香料也被与芝麻香油一道运用到头油中。

到了宋代，南方特产的各种芳香花朵被开发出来，从此，中国女性的一头青丝便散发着沁人的花香。当时，最流行的是"香发木犀油"（香油浸桂花），也就是后世所说的"桂花油"。

关于这一头油的制作工序，宋人陈敬所撰《香谱》"香发木犀油"一条有详细的记录：清早摘下半开的桂花，拣择干净，与香油按一斗花配一斤油的比例放入瓷罐中，再用油纸厚厚密封罐口，然后把瓷罐安顿在蒸锅里，大火沸水蒸一顿饭的工夫。下火之后，还要让瓷罐在干燥的地方静置十天，让桂花充分吸收油分。最后，把罐里的溶液倒出来，用手用力攥挤桂花，挤出的香油便散发着桂花的芬芳。

随着茶业的兴起，茶油逐渐进入了人们的视野。所谓茶油，就是用茶树籽所榨制的油。到了明代，茶油制的香泽，已经成了闺中梳妆的必备之物，原因在于只有茶油才能最好地吸收茉莉等花的香精。根据那一时代的记载，茉莉、素馨、水仙、蔷薇、兰、蕙等香花香草，都被用来制作头油。甚至还有一种特殊的"露花油"，因为香气馥烈，成了热门的出口货，"洋舶争买以归"。

古代女性在头发上刷头油，是通过头油来固定发丝。头油也是护发素，给头发以营养。另外，有些偏方制成的头油，还具有生发、黑发以及保健的作用。《本草纲目》强调，茉莉花有催生毛发的功效，用茉莉花制的头油适合掉发的人来使用，而水仙花制的香泽能"去风气"。

《随息居饮食谱》的作者王士雄是清代名医，在他看来，"茶油"的优点多多，"甘凉，润燥，清热熄风，解毒杀虫，上利头目"，而且比起其他种类的植物油，茶油"最为轻清"。如果说六朝时以芝麻香油代替猪脂，确实是一次材料上的进步，那么，今天单单风行欧洲特产的橄榄油，而全然忘记祖宗贡献给世界的茶油，则未必明智。

（选自《作家文摘》第 2040 期）

独立的 Polo 衫

2020 年 9 月，英国著名休闲服饰品牌弗莱德·派瑞公司将一款 Polo 衫从美国市场撤下，因为这款衣服成为了美国极右翼组织"骄傲男孩"的最爱。

从美国市场撤下的这件经典 Polo 衫及其徽标被弗莱德·派瑞公司视为"英国文化的符号"，代表着"包容、多样性和独立性"。但英国极端组织光头党是最先追捧弗莱德·派瑞 Polo 衫的组织。后来，光头党的仇恨意识形态连同这款衣服漂洋过海来到美国。理念与光头党相近的"骄傲男孩"也因此喜欢上了这款被贴上意识形态色彩的 Polo 衫，并将之视为"制服"。

Polo 衫是因为马球赛的选手习惯在马球赛（polomatches）穿着而得名。马球这项运动起源于 19 世纪印度的曼尼普尔，后来在 19 世纪中，被英国军人们模仿学习后传到了英国。当时的马球制服为长袖的七粒扣衬衫，但是在比赛中因为领口位置经常滑动使得运动员感到不适，于是没有纽扣的 Polo 衫就应运而生了。

而我们今天所知道的 Polo 衫直到 1933 年才出现，素有"鳄鱼"称号的法国网球明星 Jean RenéLacoste 改进了网球队服，从原来的长袖改为了短袖，比起卷起袖子要方便得多。同时他也在网球服的面前绣了一只小的鳄鱼以匹配他的在网球场上的称号，这也就有了现代 Polo 衫的原型，由于 Jean RenéLacoste

在个人职业生涯上面取得了巨大的成功，于是这款短袖翻领的运动衬衫迅速在网球这项运动中被广泛推广，后来同款的衬衫才逐渐被运用到高尔夫等运动上。

　　1951 年 Jean RenéLacoste 与美国的服装制造商 Izod 达成合作，将鳄鱼牌的 Polo 衫远销美国。与此同时，英国的网球明星 Fred Perry 推出了自己的 Polo 衫版本，以带有月桂花冠的马球作为 logo，其灵感来自温布尔登网球公开赛的标志。在几年之内，Lacoste 和 Fred Perry 的 Polo 衫就成为了大学校园的日常穿着，这不仅标志着 Polo 衫从球场上面的固定用品转变成为日常用品，也标志着时尚 - 运动装类目的诞生。

（选自《作家文摘》第 2376 期　孙微　穿行文）

丝巾：造型中的"万能钥匙"

◎ 杨丹

丝巾女子图鉴

1956 年，摩纳哥王妃格蕾丝·凯利用爱马仕丝巾来固定受伤骨折的胳膊，"解锁"了丝巾的功用；英国女王伊丽莎白二世从 30 岁开始在非正式场合用丝巾代替帽子裹头，一直裹到了 90 岁；在 2016 年《Gentlewoman》杂志封面上，总是扎着牙买加风情头巾的英国女作家扎迪·史密斯，被深红色的背景衬托出其闪亮笃定的眼神……从 16 世纪登场开始，丝巾便这样一步步被不同的风格偶像转换形态，成为一把个性丰富的"万能钥匙"。

若单纯作为一件配饰，丝巾深受专业人士们的青睐。相比于抢眼的手镯、独特的鞋子或一套特定风格的西装，国际咨询顾问伊拉利亚·阿尔伯塔—格兰斯特坦更喜欢用丝巾来凸显自己。她所服务的品牌多为奢侈品和像法拉利这样的汽车企业。伊拉利亚常常为自己的精细羊毛、羊绒或丝绸围巾一掷千金。很多女强人都喜欢这种柔和、自然的方式，比如欧洲央行行长克里斯蒂娜·拉加德和巴黎市长安妮·伊达尔戈。

20 世纪的丝巾魅影

上世纪 20 年代，除了"It Girl"的第一人克拉拉·鲍和一众好莱坞影星，现代舞创始人伊莎多拉·邓肯同样是推动长丝巾潮流的重要人物。常作为舞蹈道具的长丝巾成了邓肯的标志性装束，谁料想这也要了她的命。1927 年，围着长丝巾的邓肯在蓝色海岸跳上敞篷跑车，加速时丝巾缠入车轮，悲剧收场。

经历了战争停顿期后，整个消费至上的上世纪 50 年代审美都呈现出无以复加的优雅派头。在意大利，骑着小型摩托车的"速可达"女孩年轻、独立、时尚且自信，就像电影《罗马假日》中的奥黛丽·赫本那样。她脖子上系的俏皮短丝巾，为一身简约装束增添妙笔。

上世纪 60 年代，欧美中产及上流社会的海滨度假潮崛起，杰奎琳被拍到以海军蓝套装搭配丝巾和墨镜的造型，来遮挡海风和阳光。

法籍英裔歌手简·柏金将长丝巾随意系于胸前充当胸衣的做法，现如今都不是人人敢尝试的，它是上世纪 70 年代追求自由奔放的一种写照。

刻意的就是过时的？

人们对丝巾的痴迷曾在上世纪 70 年代达到顶峰，之后丝巾在 T 台和时尚杂志上的地位从未衰减。从香奈儿 2019 秋冬秀场可以看到三角巾依然在点亮造型。

男装领域也加大了丝巾和一众配饰的"戏份"。迪奥男装艺术总监金·琼斯在 2020 秋冬中有意让配饰成为隐藏的主角：珍珠缀边的白色丝绒手套，琳琅参差的链条吊坠，大号的回形针饰物，不时扬起的印花丝巾。大卫·鲍伊的雌雄同体，基思·理查兹的潇洒不羁都少不了丝巾的功劳。

　　曾经男士进入高端消费场所如餐厅、赌场必须系领带，这也是爱马仕意外开启领带事业的契机。如今的男士丝巾的尺寸增加到 100 厘米，甚至 140 厘米，以便有新的佩戴方式。

　　对于女士丝巾来说，新的活力仍旧焕发在"随意"二字中。与其用丝巾盘一个精致的度假头，倒不如用丝巾配马尾辫，就这样简简单单地垂下来，时髦的毫不费力。或者如 Coachella 音乐节上的明星、模特，把丝巾随便往头上一扎，很有波西米亚女郎的味道。酷女孩们可以参考碧梨用丝巾打造的街头风，或者像"星二代"偶像凯雅·杰柏那样，用小方巾在脖子上打个老爹结，搭配最简单的背心牛仔。

（选自《作家文摘》第 2377 期）

杰奎琳·肯尼迪：玩转色彩的大师

　　杰奎琳·肯尼迪精彩的人生经历比小说电影都还精彩。从1961年入主白宫开始，杰奎琳就承担起了一个比起她的丈夫来说在文化和政治上都毫不逊色的角色，她用自己浑然天成的时尚眼光与精心搭配，让世界记住了美国第一夫人的风范，也让世界记住了流线型西装、低跟鞋和药盒帽，还有她玩转色彩的手法。

　　1953年，在和肯尼迪结婚前，杰奎琳拜访肯尼迪的家，她穿了一件翻领长袖素色连衣裙，戴着珍珠项链，浅笑迷人。杰奎琳善用珠宝妆点自己，穿着简约的她，不会用大尺寸的珠宝炫耀贵气，她喜欢珍珠项链这种低调温润的珠宝搭配，让自己看起来雍容华贵却亲和力十足。

　　杰奎琳在和肯尼迪的婚礼上，穿了一件露肩V领婚纱，依旧只是佩戴了一条简单的珍珠项链。这件婚纱很好地突出了杰奎琳的优点，秀出了她优美的锁骨，完全让人忽略了她的平胸。束腰款式加蓬蓬的裙摆，看起来浪漫美好。

　　白手套几乎是杰奎琳搭配晚礼服的不二法宝。1954年，婚后的杰奎琳参加一年一度的"April in Paris"舞会。她穿了一件一字领A字裙配羽毛帽子和白手套，非常淑女。被美国媒体盛赞身上有"美国人缺少的王室气质"；1961年，正式成为总统夫人的杰奎琳访问加拿大，她的造型又广受好评。一件白色紧身礼服的裙摆上装饰有亮晶晶的水钻，走动起来水钻随着角度的不同折射出点点星光，白手套更添优雅之感；1961年，肯尼迪携杰奎琳访问英国白金汉宫。杰奎琳穿一身浅蓝色的一字领塔夫绸礼服，也佩戴了白手套，简单又贵气，像来自某个王室的公主。《伦敦晚报》称赞杰奎琳："杰奎琳·肯尼迪给了美国人……他们最缺少的一种东西——皇族的威仪！"

全身上下穿着奶油糖黄、玫瑰粉和睡美人蓝，单色套装精心点缀着药盒帽、珍珠佩饰和棕榈海滩式小麦肤色，这是杰奎琳上世纪60年代的经典造型。不论是穿着全黑的长裙搭配相称的披肩头纱会见教宗约翰二十三世，还是穿着番茄色的两件套日间裙装拍摄她的白宫日常，她是单色流线型西装的女王。

利落干练的套装装扮正合了美国人简单大方的胃口，曾经留学法国的她，偏爱纪梵希和迪奥优雅不繁复的时装设计，但身为美国第一夫人的她为了力挺自己国家的设计师，于是邀请当时当红的卡西尼来设计她的官方衣橱。卡西尼为她量身定做青柠、南瓜和杏子色调的时装来匹配她知性优雅的个性。他们合作创造了受迪考艺术风格影响的维罗纳绿和淡蓝色A字裙及高定礼服搭配白手套，大纽扣和帽章细节的简单设计令他人难以复制。

从丈夫约翰·肯尼迪就职典礼上的浅黄大衣和药盒帽，到肯尼迪遇刺那天那件声名狼藉的粉色仿羔羊呢外套，这位前美国第一夫人的衣橱一直以来都是设计师青睐、学者论述和博物馆收藏的对象。

（选自《作家文摘》第1990期）

古代时尚群体的美妆

◎ 夏秋

在古代，虽然没有媒体网络和街拍走秀这回事，但被关注和效仿的时髦女郎，一直是不缺的。古代中国的时尚群体，一般由三个部分组成，其一是皇室宫廷，其二是权贵阶层，其三是娱乐界，也就是倡优伶人。

"堕马髻"创始人是个美妆博主

东汉桓帝年间，大将军梁冀之妻孙寿，不但貌美且颇有媚态，还是个美妆博主，粉丝无数。《后汉书》中说她，"作愁眉，啼妆，堕马髻，折腰步，龋齿笑，以为媚惑"。她发明的这些装扮，在洛阳引起轰动，洛阳女子纷纷效仿。

东汉末年的《风俗通义》对这些奇特的妆容做了一些解释："愁眉"，就是把眉毛画得"细而曲折"；"啼妆"，即在眼睛下方描一些眼影，好似正在啼哭；"堕马髻"，就是将发髻侧在一边，模拟骑马过后发髻自然地松散歪垂；"折腰步"，就是走路的时候脚娇弱得仿佛难以承受其体重；"龋齿笑"，即因为牙痛而似笑非笑的样子。美人一会儿愁一会儿哭，又是娇弱又是体虚，发髻一歪还挺萌，朴素的东汉人民觉得美呆了，"京师翕然皆仿效之"。

但是这位大将军夫人也不是什么善茬，她丈夫梁冀在外是专擅朝政的权臣，回到家见到孙寿，却像老鼠见了猫，特别忌惮。后来汉桓帝清算梁冀，两口子双双自杀，梁氏、孙氏全族被杀。

孙寿的堕马髻和啼妆，却流传了下来，唐朝时还一度盛行。

最早的"裸妆"倡导者虢国夫人

唐朝女子的时尚有多面，有时候充满了阳刚之气，有时候带着异域风情，有时候又性感华贵。

《礼记·内则》规定"男女不通衣裳"，卫道士常常将服饰礼制拔高到国家兴亡的层面上，"妹喜带男子之冠而亡国，何晏服女人之裙而亡身"，警告世人不可以乱穿衣服。但是在唐朝，女子着男装从宫廷开始，流传到了整个上流社会，不啻是对传统礼制的一大挑战。

《新唐书》中说："高宗尝内宴，太平公主紫衫、玉带、皂罗折上巾，具纷砺七事，歌舞与帝前。帝与后笑曰'女子不可为武官，何为此装束'。"太平公主当时穿的是男装，帝后没有丝毫不悦，反而颇为欣赏。

隋朝至唐初，女子原本需戴遮蔽全身的"羃䍦"（音密离）或网帷遮到脖子的"帷帽"，这是游牧民族的遗风，可以遮挡风沙、防晒、防偷窥。可是到了唐玄宗天宝年间，女子直接戴顶胡帽，或者干脆啥也不戴，露出好看的发髻和妆容，男装之风也日盛。

《虢国夫人游春图》图中哪一位是虢国夫人现在还有争议，但普遍认为其中有女子着圆领窄袖的男装长袍，腰束革带，头戴软角襆头，足蹬软靴。唐诗中也不乏对她的描述："却嫌脂粉污颜色，淡扫蛾眉朝至尊。"只扫了扫眉毛，不施脂粉就去见驾了，也就是说，虢国夫人应该算我国最早的"裸妆"倡导者。

屏风上撞出了"斜红"妆

晋《古今注》中提到，魏文帝曹丕宫中的女子好画长眉，好发明新发型，流行"蛾眉""惊鹤髻"。其中莫琼树、薛夜来、陈尚衣、段巧笑，最为受宠，日夜侍奉在曹丕身侧。莫琼树发明了一种叫"蝉鬓"的发型，望之飘渺如蝉翼；段巧笑则喜欢用紫粉拂面，也就是在脸上涂紫色的胭脂。

南唐《妆楼记》中则讲了一个关于薛夜来的传说。薛夜来刚入宫，好像刘姥姥进了大观园，什么都不懂。有一天晚上，薛夜来去侍奉曹丕，远远看见皇帝在灯下，一高兴就把一块七尺的水晶屏障当空气，疾步走过去，"咣"一下脸撞在了屏风上。薛夜来的脸上立马红了一大块，但神奇的是，伤痕如晓霞将散，反而有一种动人的美感，于是宫人纷纷用胭脂效仿，名曰晓霞妆。

这种晓霞妆，还从两晋南北朝一路流传到了唐宋时期，改唤"斜红"。南北朝至唐宋时的诗歌中常常可以看到关于"斜红"的描写，例如梁简文帝的"分妆间浅靥，绕脸傅斜红"，元稹的"莫画长眉画短眉，斜红伤竖莫伤垂"，苏轼的"枕破斜红未肯匀"，等等。

（选自《作家文摘》第 2007 期）

爆款发型的轮回

◎ 陈璐

盖茨比女郎的波波头

电影《了不起的盖茨比》中，盖茨比的梦中情人黛茜留着一款波波头，这是 20 世纪 20 年代最流行的发型。1909 年，波兰发型师安东尼·德·帕里斯以圣女贞德为灵感，设计了俏皮的波波头，在短发被认为可耻的那个年代，极具争议性。1915年，美国著名舞蹈演员艾琳·卡索为方便阑尾炎手术康复期间的梳洗剪了波波头，引起战后反叛年轻人的追捧。

波波头的流行度在 30 年代有所下降，直到 60 年代传奇发型师维达·沙宣进行了重新设计，令其线条更加简洁紧凑、极富几何美感。好莱坞也塑造了许多经典波波头角色，比如《风月俏佳人》里的薇薇安、《这个杀手不太冷》里的玛蒂尔达，以及《低俗小说》里的米娅·华莱士。到了 21 世纪，维多利亚·贝克汉姆、安娜·温图尔和蕾哈娜等时尚女魔头则继续让波波头发散着经久不衰的魅力。

工厂女孩的精灵头

精灵发型大胆、美丽，永不过时。而说到它的代表人物，便不得不提社交名媛伊迪·塞奇威克。她是一名演员、舞蹈家和模特，并成为波普艺术家安迪·沃霍尔"工厂"工作室中的常客。

在工厂的日子里，塞奇威克设计出了她的"标志性"装扮——黑色紧身连衣裤、迷你裙、大吊坠耳环以及最关键的部分——精灵发型。她把自己天生的棕色长发剪短，用银色喷雾染成铂金色，创造出与沃霍尔戴的假发相似的造型。

这款短发似乎总是被那些自信、勇敢、热衷自我表达的女性选择。"水果姐"凯蒂·佩里和"大表姐"詹妮弗·劳伦斯都曾以精灵短发亮相。

春丽为什么是丸子头

春丽的双丸子头是近两年来欧美女明星最推崇的发型之一。2018年，美国饶舌歌手妮琪·米娜发布单曲《春丽》，致敬了经典游戏《街头霸王》中的女性角色春丽。她绑上双丸子头，穿上紧身旗袍，将美式嘻哈和中国风融为一体。

春丽的造型借鉴了香港著名动作女星茅瑛在电影《破戒》中扎"两边包子头"和身着蓝色裙子的古装造型。当年邱淑贞在电影《超级学校霸王》中还曾化身春丽，大战恶势力。

在日本动漫中，常以这种造型来展现中国风的女性角色，比如《银魂》里的神乐、《机动战士高达00》中的王留美。最早可以追溯到1967年动画大师手冢治虫的作品《悟空大冒险》里的龙子。一些考据党们认为，这实际上来源于清代满族女性的日常发型"二把头"。

"鲻鱼头"回归

韩流明星一向是亚洲时尚的风向标。自 2018 年起,韩国便迎来了流行于欧美上世纪 80 年代的"鲻鱼头"发型的复兴。从权志龙到宋旻浩以及现在最热门的韩国男团组合防弹少年团,都完美驾驭了这个初看似乎有点"杀马特",但越看越好看的发型。这股风潮还吹到了中国,吴亦凡、华晨宇和易烊千玺等当下最热门的小生也都纷纷以鲻鱼头亮相。

鲻鱼头,又称小狼尾。从 70 年代的摇滚乐时期开始,大卫·鲍伊和保罗·麦卡特尼便都是留的这种前面和两侧短、背后长的发型。这是一种融合女性和男性气质的发型,也令许多女性着迷。2020 年疫情隔离期间,美国歌手麦莉·赛勒斯的新造型令人印象深刻,她创造性地结合了精灵头和鲻鱼头两种发型的特点,设计了一款属于自己的独特发型。

(选自《作家文摘》第 2341 期)

第二辑

历史的针脚

飘带衬衫什么来历

2020 年最夯（意为最流行）的单品可谓非飘带衬衫莫属，国内明星从肖战、王一博到杨幂，国外王室从凯特王妃到西班牙王后莱蒂齐亚，无一例外开启示范模式，飘带单品的魅力到底是什么？

衣裙上的飘带本质上就是领巾的变体。在 17—18 世纪，领巾只是贵族男女都会佩戴的服装配件而已。直到 19 世纪，从著名插图师 Charles Zana Gibson 的插图中诞生了"吉布森女孩"，她总系着领巾，身材苗条，曲线优美，有运动精神但极具女人味，可以说她就是那个时代很多人心中理想美国女性的缩影。领巾也因此从常规配饰变成了流行的象征。

20 世纪 20 年代，领巾的款式与系法都出现了翻天覆地的变化，它对服装风格的影响力也越来越大，这里必须提到 Chanel 的品牌创办人可可·香奈儿。她的出现打破了那个时代崇尚华丽、"一切只为取悦男人"的穿衣风格。

而为了避免过于朴素或"男孩气"，香奈儿常用领巾来"装点"自己的设计，让它们看上去优雅、女性一些。这些柔媚又有力量的时装一经推出就火了。

到了 20 世纪后半期，女性慢慢被推入职场，成了生产力的中坚力量。她们开始脱下裙子，换上舒适的套装，通常她们都会搭配系结的飘带衬衫，以起到"软化"造型的作用。

英国第一任女首相撒切尔夫人就很爱这么穿。套装强化了她干练的"铁娘子"形象，而飘带衬衫显示其涵养、优雅、温柔的内心。

这种能展现女性亦刚亦柔两面性的搭配方式，在之后的40年里，来来回回流行过很多次。而它每一次的走红似乎都与经济的停滞衰退、女性力量的崛起息息相关。

（选自《作家文摘》第2298期）

超大号手袋的崛起

◎ 徐子深　Messon

当我们终于找到办法将每日必需品精简再精简，以至于能够拿着仅可装下口红、AirPods 的迷你包出门时，时尚界突然来了个 180 度大转弯，流行起了 XXXXXXL 超大号手袋。

Ins 账号"thebigbagclub"以将普通手袋经过图片处理技术制作成戏剧化的超大手袋而闻名。其背后的运作者 Virginia Rolle 在一次采访中说道，最开始她看到一位博主拿着大号 Gucci 手袋的照片，以为是一张特殊处理后的恶搞图，得知那是一款真实存在的包包后，她的灵感来了，开始把街拍照片中常规的包包改得很大。

于是到了现在，大牌们纷纷推出了超大号手袋单品，魔幻的时尚界再次刷新了我们的想象边界。

谁在做超大号手袋？

不约而同推出超大号手袋的品牌有很多，它们大致可以分为两类：独立大女主派和夺人眼球派。

普遍来说，大号手袋是当代女性真实生活的反映。对于那些征战职场的人来说，大号手袋能够装下笔记本电脑、记事本、手机充电器、空调房围巾甚至一双需要替换的鞋子；而对于需要带小孩的妈妈来说，纸巾、尿布、小孩餐具等东西也一件都不能少。对于她们来说，那些小到只能装可爱的迷你包绝对只是时髦的假象。

曾经的干练女性代表品牌——Phoebe Philo 时代的 Celine，就一直默默地在大家心中埋下对大号手袋的热情。而现在首先掀起大手袋热潮的，正是被时尚界看作曾经的 Celine 代替品的 Bottega Veneta。它可谓 2019 年时尚界的最大赢家，新帅 Daniel Lee 曾经是 Phoebe 的左右手，如今掌舵全新的 Bottega Veneta，做到了叫好又叫座。

在 Bottega Veneta2020 春夏成衣秀场上，我们看到了夸张化的超大号手袋。妙就妙在包包的形状本身是一个常规手拎包，只是手柄被放大，变成了可以斜挎在身上的肩带，而等比加大的包身更是可以媲美一个登机箱的容量。

另一个持续受到职场女性青睐的极简主义品牌 Lemaire，也将其标志性的"饺子"包做了大号版，让这款柔软贴身的手袋有了"包袱"一般的感觉，仿佛背上它随时准备浪迹天涯。Givenchy 自从迎来女性掌门人后，成衣系列也一直主攻气场满分的干练女性。2020 春夏大秀上的手袋被模特抱着出场，可能包包太大太重，手拎肩背都有压力，唯有抱在怀里才能从容。话说回来，一旦有了这种超大号手袋傍身，再简单的造型似乎都显得高级，毕竟当手袋大到和一件衣服没有区别，就变相达到了叠穿的效果。

当然，如此戏剧化的设计不会只属于极简主义阵营，那些原本就具备天马行空创意的品牌自然也和这个趋势一拍即合。Moschino 推出 2020 早秋系列中，抢眼的 XXXXXXXXXL 号手袋赚足了风头。无论是品牌标志性的皮夹克包，还是老花波士顿包、男士双肩背包、托特购物包，都被放大了无数倍。如果你带上这些包去挤地铁一定会被周围人抗议，但它们真的很有架势。

大，代表着有权力

虽然说迷你包实在是太不实用，但这些大到可以装下一个小孩的包包又是为了什么而存在呢？倘若真的把所有家当塞到其中，没有一个身材纤细的时尚博主真的能背得动它。何况当你要寻找藏在里面的一支钢笔时，情况简直有如大海捞针。显然，大部分超大号手袋的使用者只是用它来拗造型，里面可能还是只装了一丁点内容。超大号的存在并非从实用层面出发。

回看上世纪 80 年代，不合身的超大廓形成为主流，当时的职场无论男女，皆穿着具备巨大垫肩、剪裁宽松的西装，这种设计就是著名的权力套装（POWER SUIT）。大，往往与权威和权力形成关联，给人力量，尤其当时越来越多女性走入职场，她们通过这样的服饰使自己看起来"更像一个男人"，以获得男性同事更加平等的对待。

直到今日，独立干练女性们钟爱使用这些看起来中性潇洒的大号手袋，大概也是因为它们代表了她拥有忙碌的生活、丰富的内涵，她的世界绝不是一支口红和一张信用卡可以满足的。

另一方面，无论超级小还是超级大，只要谈到夸张的设计，就可以从坎普（CAMP）精神中寻求一些解答：极端的戏剧化审美，"风格"胜于"内容"，"感官"胜于"本质"。

（选自《作家文摘》第 2299 期）

贝雷帽的身世

◎ Ray

说起最受欢迎的单品，贝雷帽一定名列前茅，不光是女明星的冬日造型点睛之笔，也是男明星们一秒由盐变甜的利器。

牧羊人的"坐垫"

最早青睐贝雷帽的是 15 世纪法国西南部的牧羊人，这种羊毛制成的无檐软帽不但能在平时遮阳挡雨，还可以在寒冷时节发挥保暖的作用，不错的吸水性还能用于奔波时擦汗，累的时候甚至能够平铺在地上当坐垫，和其他帽子比起来功能性要强得多，于是逐渐在牧羊人中流行开来。

可以调整成各种形状的贝雷帽还被人们拿来暗示不同的含义，比如庄重地正戴帽子，就表达尊重和严肃；如果歪戴帽子，就是表达自己不羁无畏的作风。

这时的贝雷帽一般由比利牛斯山羊的棕色羊毛制成，颜色和材质都比较单调，基本上只有男人才会佩戴，人们对它功能性方面的重视远远大于装饰性。

军队的推波助澜

一战期间，还是新型武器的坦克被大量用于英国军队中，原本容易遮挡视线且难以固定的旧式军帽已经不适合在狭小的坦克内佩戴。

正在此时，英国军队发现了实用又美观的黑色贝雷帽，它轻便柔软，不怕变形、挤压，不容易被坦克的油污染脏，便于折叠和随身携带，还可以在帽子外套钢盔，于是被坦克部队率先采用作军帽。

士兵将象征军队的徽章别在帽檐上，不但可以一眼看出自身所属的兵种，还别具时髦感，因而很快在军中推行起来，20世纪50年代起，美国也开始使用贝雷帽作为一些特种部队的军帽。

为了方便区分不同的部队，军队还特意规定了贝雷帽的颜色，不同的部队有自己特定的贝雷帽颜色，一时间，各个颜色的贝雷帽在各国军队中此起彼伏地出现，比利时军队总共划分了七种颜色的贝雷帽，英国军队更是采用了足足九种。

贝雷帽在军中的盛行离不开政治人物的推崇，约翰·肯尼迪总统就曾评价绿色贝雷帽是"美国军队勇气与成就的最高象征之一"，在他遇刺身亡后，葬礼当天负责抬棺的绿色贝雷帽队员悲痛地摘下帽子放在他的棺椁上致敬，自此每年的这天，美国陆军特种部队士兵都会到肯尼迪总统的墓前献上一顶绿色贝雷帽。

著名英国将军蒙哥马利元帅也是贝雷帽的推崇者之一，在他留下的照片中，几乎每次都佩戴着镶有将军和装甲兵两枚帽徽的贝雷帽。

就这样，贝雷帽逐渐成为全世界军队的标志，士兵们也为自己所佩戴的贝雷帽而自豪，甚至由此引发过巨大的游行事件——2000 年，为了激发陆军全体官兵的士气，激发青年们参加陆军的热情，美国陆军参谋长宣布，全体陆军官兵将统一配发此前仅有美国陆军游骑兵队使用的黑色贝雷帽。

宣布一出，立刻引起了美国陆军游骑兵的集体反对。不仅如此，美国政客和全国最大的老兵组织"美国之狮"也纷纷出面维护游骑兵，受到民意的压力，美国军方不得不作出妥协，决定在维持陆军官兵换发黑色贝雷帽的命令不变的同时，让陆军游骑兵从佩戴黑色贝雷帽改为棕褐色贝雷帽，仍旧保有与其他部队不一样的贝雷帽的权利。

明星效应

19 世纪 20 年代，网球选手 Jean Borotra 逐渐崭露头角，而他在赛场上最显著的标志，就是头上那顶来自家乡的贝雷帽。渐渐地，他引发的这股潮流开始蔓延，那个时期的欧洲上流社会中，绅士贵妇们在运动时都喜欢戴上一顶贝雷帽，来彰显自己的潮流品位。

贝雷帽的热潮从上流社会逐渐覆盖到整个欧洲，从作家、诗人、艺术家，到歌手、演员都纷纷戴上贝雷帽。

30 年代后，贝雷帽开始出现在荧屏中，明星们在电影中佩戴贝雷帽的优雅造型让人们眼前一亮，这时，大家才开始发现贝雷帽美观百搭的一面。

1967 年上映的《雌雄大盗》中，女主角戴着贝雷帽的经典造型一时风靡，不但让电影获得了奥斯卡最佳服装搭配奖，还让贝雷帽这一单品瞬间脱销，火遍全球。

上世纪颇受欧洲大众追捧的古巴革命领导人切·格瓦拉，流传最广的一张照片，就是戴着五角红星贝雷帽的模样，这个深入人心的形象让追随他的男男女女们竞相模仿和致敬。

　　作为如此富有历史底蕴的复古单品，如今，贝雷帽当然不仅仅是奢侈大牌的宠儿，明星们对贝雷帽更是爱得热烈又深沉。

　　　　　　　　　　　　　　（选自《作家文摘》第2312期）

其乐鞋，英国人穿了 200 年

◎ 王信强

英国人无论贫富和地位高低，都会有几双"其乐"（CLARKS）皮鞋。柔软的鞋身，结实的鞋底，许多英国人都是穿着"其乐"鞋长大的。有近 200 年历史的"其乐"是英国最大休闲鞋品牌，因为质量好、款式时尚、价格亲民，被誉为英国"国民皮鞋"。

为中小学生打造"校鞋"

许多幼儿不愿意穿皮鞋，原因就是穿着不如球鞋舒服。为让幼儿从小就喜欢上"其乐"，有专门团队根据他们的特点研发特殊的鞋子。

"其乐"1933 年推出一款名为"喜悦"的儿童凉鞋，纯牛皮鞋面，天然皱纹橡胶鞋底，男孩女孩都适用。孩子们被柔软的鞋内衬、漂亮的外形及结实的鞋底所吸引。仅这一款，就一直生产了近 40 年。英国许多人是穿"喜悦"长大的。英国朋友史密斯先生说，他就是"喜悦"的忠实粉丝。

在英国，大部分中小学生的鞋子来自"其乐"。当时，小学生穿的"校鞋"叫"哈莱姆"，中学生的"校鞋"称"威利斯"。史密斯说，"其乐"并不是学校指定的校鞋，是因为受到家长和孩子的认可，款式和颜色又正好与校服相符，逐渐成为

"校鞋"。为此，"其乐"研发人员费了不少心血。

20世纪初开始，"其乐"成立团队专门研究中小学生脚型。他们对中小学生，尤其是脚型变化最大的小学生，抽样测量脚的宽度、长度和厚度并预留成长空间，脚趾的活动空间也考虑在内，以满足脚的发育需要。

1945年，"其乐"推出四种不同型号"脚规"（量脚型的模具），为学生精心测量脚型后，再制作鞋子。

其乐鞋店内，一般设有中小学生和幼儿专柜，售货员专门受过量脚培训。孩子进店，马上被引到儿童专门区域，里面有各种玩具。售货员一边与孩子聊天，一边开始用"脚规"量脚。"脚规"由木头或不锈钢制成，小脚踩到上面，轻轻滑动"后跟"，就能准确测量脚的多种数据。

史密斯说，学生鞋轻便、柔软、透气、舒适，还很结实。他上小学时，如不经常踢足球的话，一双其乐鞋够穿一个学年。

建鞋博物馆

其乐鞋使用的主要原料是头层牛皮、山羊皮内衬。公司做大以后，"其乐"的主要原料牛皮仍坚持从英格兰的工厂进料，皮料品质标准非常高，发现瑕疵，立即退货。长期以来，"其乐"不断改进工艺，最多时有90多道工序。同时，不断创新，推出新产品，比如推出气垫皮鞋。根据脚部走路时不同部位受力情况，在鞋底使用前、中、后三种不同气垫。前脚掌受力不大，使用乳胶衬垫，脚心为泡沫衬垫，脚后跟受力较大，用的是加强软垫。

在"其乐"制鞋历史中，最经典的鞋要数"沙漠靴""袋鼠"和"沙漠行者"。"沙漠靴"，1950年推出，是世界上第一款真正意义上的休闲鞋，风行半个世纪后停止生产，2017年7月恢复生产。"袋鼠"，1967年生产，优质鞋面皮料包裹到鞋底，整只脚被牛皮全面"拥抱"，很舒适。"沙漠行者"，1971年在北美生产，成为上世纪70年代经典。上述三款鞋当年被甲壳虫乐队、滚石乐队、绿洲乐队等摇滚巨星热捧，多次出现在电影、电视和歌曲中，已成为不同时代的文化符号。

1825年，塞勒斯·克拉克和詹姆斯·克拉克兄弟在英格兰西南部萨默塞特郡斯特瑞特设立鞋工厂，将品牌命名为CLARKS，意思是"克拉克兄弟"，中文名"其乐"为音译加意译。当时，他们利用地毯的羊皮下角料，做了皮凉鞋，很快销量迅速达到每月1000双。从小作坊到大工厂，从风靡英国到走向世界，其乐鞋成为闻名全球的品牌，近200年口碑不倒。1950年，"其乐"在英国总部所在地斯特瑞特镇建鞋博物馆，展示1500双不同时代生产的鞋子。

让价格更亲民

"其乐"的价格分高中低三档，每档每年都会有多次打折，且折扣幅度还相当大。多数鞋子价格定位在100英镑以下，其中相当一部分定价40英镑左右。1971年北美生产的"低帮皮马靴"，刚推出时卖80美元。

平时要想买到价廉物美的"其乐"，可以去英国牛津郡的

"比斯特购物村"。那里的鞋价大都在30英镑左右。学校开学前，许多鞋店会推出特价学生鞋。

在伦敦有家"其乐"专卖店，那里最便宜的鞋5英镑一双。英国朋友说，这种店卖的鞋是断码货，急等出售。店内一角摆着几个大筐，里面存满单只皮鞋。挑好鞋，售货员会找出另一只。英国朋友说自己会不时去这种商店，淘上几双中意的鞋子。

（选自《作家文摘》第 2316 期）

渔夫帽：傻子帽？

渔夫帽（Bucket Hat）直译其实应该叫水桶帽，但因为最早是爱尔兰农民和渔夫的装束，所以后来就都叫它渔夫帽了。经典渔夫帽是一种软的棉制帽子，边缘窄而且小，可以盖的很深。渔夫帽不像棒球帽有长长的突出前缘，而只有一圈略成梯形的遮阳边缘。

美国大众文化里，早期戴渔夫帽最有名的人是盖里甘。美国上世纪 60 年代电视喜剧《盖里甘的岛》中的一个知名角色，终年如一日的戴着渔夫帽出现在镜头中。而知名的美国喜剧演员罗德尼·丹杰菲尔德也常笑称，晚年，只要他戴一顶渔夫帽，通常都会得到一碗免费的汤（因帽形若似碗形的缘故）。1998 年，美国乐团激进小子的主唱葛瑞·亚历山大的渔夫帽，也几乎成为他个人标志之一。

在以色列，渔夫帽常被称为傻子帽。早期以色列独立时期，不少以色列战士发现他们需要遮阳挡热的帽子，一开始他们采用了阿拉伯式的头巾，但后来他们希望能与阿拉伯战士区分开来，因此将犹太教小帽加大，变成了类似渔夫帽的样子，以色列话称此帽为 kovatembel。今日以色列部队依然使用这种帽子而且多数以色列人将其视为自由与独立的重要象征。

不过渔夫帽最隆重的一笔还数在嘻哈的领域里，嘻哈早期的头号人物 LL Cool J，渔夫帽简直成为了他的标配，也成为了如今提起的 90 年代的复古嘻哈的重要元素。嘻哈人都讲究派头，在鸭舌帽大热以前，90 年代只有礼帽及渔夫帽居多。

近年来渔夫帽已经发展出许多与以往不同的面相，渐渐也成为时尚界喜爱拿来发挥的题材之一，而渔夫帽也不再单单是遮阳挡雨的作用或是某种风格的象征，散布各领域的簇拥者让渔夫帽的演变实现了质的蜕变，而设计师们则让渔夫帽"登上大雅之堂"成为了时尚与实用两相碰撞的流行元素。

（选自《作家文摘》第 2336 期）

不"退休"的马丁靴

时尚的潮流向来说变就变,但有一件单品却流行多年都没有退休的意思,那就是马丁靴。

马丁靴最初是为病人设计的。1945 年德国二战期间,一位叫 Klaus Mertens 的医生为了帮助摔伤腿的同伴,设计了一双舒适但又不僵硬的军靴,而后他有了和大英皮靴生产商 R.Griggs 合作制鞋的念头,最经典的英式马丁靴品牌 Dr.Martens 因此被敲定。

1952 年他们在慕尼黑开了分厂。50 年代末,马丁靴就已经有 200 多种款式了。这时两个合伙人开始在国际市场上寻找买家,想要出售马丁靴的专利。英国品牌 Griggs 当即买下了这个专利,并开始生产这样有着独特线脚的靴子。但 Dr.martens 的名称一直沿用至今。

1960 年 4 月 1 日,第一双 Dr.Martens "马丁博士"诞生于英国的北安普顿郡。首款推出的就是那双至今都被奉为经典款的八孔 1460 款式靴,人们习惯称之为"马丁靴",鞋边黄色针步及独特的鞋印图案,就像病毒传播一样,低调地引起了一场革命。这场风潮,从伦敦一直风靡到全球。

随后,市场上出现了樱桃红色的八孔马丁靴,英伦风十足。不仅舒适,而且耐穿,可以轻松应对恶劣天气和环境,马上受到了邮差和工人们的欢迎和喜爱。后来警员们将黄色线脚染黑正好和他们的黑色警服搭配。之后，这种专属于工人阶级的靴子，是英国工会的象征。

到了如今，马丁靴是短靴界的百搭之王，早上出门之前纠结穿什么的时候，穿马丁靴准没错。

（选自《作家文摘》第 2282 期）

衣服上的口袋怎么来的

服装上的口袋对于日常生活来说，作用是非常重要的，不仅可以携带小物件，还起着装饰美化服装的作用，它的造型也是多种多样。

19世纪以前，英文字典中对"pocket"的解释都是"一种附着或者插在服装中的包和袋子"。因为最原始的口袋并不是像今天一样缝在衣服上的，而是单独挂在衣服上的。

15世纪到16世纪中叶，男性和女性都把自己身上的物品和货币放在一个小袋子中，然后将袋子绑在腰上或者系在皮带上。到了17世纪，随着小偷和扒手的逐渐增多，人们开始在衬衫、短裙和裤子等衣物的内部开出小口，然后将袋子塞进小口内以确保随身物品的安全。于是，越来越多的人要求口袋平整，易于取放物品，同时也不能有明显的凸起而影响到衣服的美观。

口袋的设计最初出现在男装上，随着19世纪中叶之后女性主义的崛起，有人为了表达独立就直接在裙子上做了口袋——不是在里面，是在外面。到20世纪初，当女人可以穿裤装的时候，在裤子上做口袋的权利就表达得更响亮了。到了第二次世界大战，战争让女人穿上衬衣和裤子有口袋的实用装。

20世纪初，女人们借口袋表达权利的风潮，也让女装设计开始认真考虑这个细节，但是追寻纤细美的时尚界却把裤子上的口袋拿掉了。因为他们认为裤子上口袋太多，会影响女人展现她们的曲线美，Dior 就不是女装口袋的拥护者。

20 世纪 70 年代到 90 年代，女人又流行穿男装，这似乎自动解决了女装是否应该有口袋的争论。再接下来，奢侈品手袋的兴起又转移了女人的注意力，她们思考的问题是买什么包，买几个包，而不是要不要在衣服上做口袋。

对于口袋形状的偏好，按我国传统的审美标准，一般习惯于对称的形式。这当然也反映到服装上来，比如 1912 年就开始流行的中山装，它的口袋采取了对称的形式。

在中山装的基础上变化而成的学生装，它的口袋采用了对称与均衡相结合的形式，庄重中又带有活泼，很适宜男青年穿。世界流行的男西装，其口袋均采用对称与均衡相结合的形式，给人以庄重而潇洒的美感。

还有些口袋是专物专用的，如西装左上边的小口袋是装手帕的，所以称为手巾袋。男西装的里部往往有四五个口袋，分别是镜袋、钢笔和名片袋。有时男装的上衣或裤子的口袋里为了装打火机还缝上个小袋。

近年来，设计师在运动服、航空衫、击剑衫的袖子上部也缝上个小口袋，为的是装入场券之类的小物件，或者纯粹是为了装饰。还有钓鱼衫，前后左右有近十个口袋，为的是能将钓鱼物品全部装在身上，实用而方便。

（选自《作家文摘》第 2286 期　张田小等文）

千鸟格纹：时髦的复古味

◎ 谭伟婷

天气转冷的时候，各种大热单品也处处透露着温暖的信息。而其中最热门的元素当属"千鸟格纹"。尽管依然有不少人在诟病："千鸟格纹有种老气横秋的感觉。"但作为经典元素现身 2019 秋冬秀场之后，浓郁的复古情怀经设计师之手又焕发出别样的新优雅姿态。

千鸟格纹原本是一种印在粗花呢面料上的图案。它曾大热于 19 世纪、20 世纪时的英国贵族之间。1946 年，当好莱坞女星 Lauren Bacall 在电影《夜长梦多》中，以一身黑白间隔的千鸟格纹大衣配搭一顶黑色画家帽现身，她帅气形象不仅至今仍被封为大荧幕最经典的时尚造型之一，同时也将千鸟格纹带进普通人的流行当中。

从贵族圈到影视圈再到时尚圈，千鸟格纹这种元素开始逐渐走红，其中 Christian Dior 更大胆地美化组合了它，将其用在了香水的包装盒上以及 Dior 的成衣、鞋履上。

想穿好千鸟格，就必须分清楚千鸟格纹的大小：尺寸稍微大一些的为最初的犬牙花纹图案，经过流行的进化与变迁后，我们所熟悉认知并默认的千鸟格纹，其实是尺寸小一点的图样。

以今年的流行来看，千鸟格纹呈现一种大小互补交替的趋势，设计师们几乎都大胆地在不同的细节上应用这款古老经典的元素。在职场上，千鸟格纹也恰恰成为时髦女性们的搭配神器。及地长大衣在今年职场依旧流行，只是图案换上了千鸟格纹，让人轻易在气场全开的硬朗感上增加一丝温柔与贵族的气息。

在不开会的工作日，千鸟格纹完全可以单衣或单裙、单裤的形式来做一个日常搭配，如白衬衫、百褶裙等，既不会太严肃，也不会失去职场上的严谨感。天气再冷一点时，也可以配个宽松毛衣，通勤或见客户时穿着能让你亲和力满分。

西装本就给人严肃的味道，但千鸟格纹西装相对来说多了一份时髦的复古味。职场日常的话，也可以像2020春夏米兰时装周的潮人那样，选一件细千鸟格宽松西装，内搭一件透视紧身衣，下半身加持一件草绿色高腰裤，轻松完成知性雅致却又不会太厚重的造型。

如果说犬牙花纹会给人一种视觉上的冲击感的话，在这方面小一寸的千鸟格纹确实有点弱。但在2020春夏巴黎时装周的街拍当中，就有大胆将小千鸟格纹设计成流苏式长披肩的时装，欧美潮人就直接内搭及膝短裙就走上街了。

如果你希望再低调一点，也可以借鉴朱莉亚·罗伯茨在今年最新硬照中选择的千鸟格黑丝袜，瞬间让原本少女心粉红西装变得高贵神秘起来。

其实今年的千鸟格纹还有一个特色，就是再也不拘束于黑白色了，彩色千鸟格纹单品，让整个人经典又摩登。如果不太敢驾驭整片彩色的话，也可以尝试在细节上配上跳脱的颜色，增添整体的一丝明亮感即可。

（选自《作家文摘》第2288期）

派克大衣扛过整个冬天

派克大衣英文叫 Parka，最早起源于打猎人穿的兽皮连帽皮袄，这种兽皮连帽皮袄最初是从因纽特人流传起来的。

在极夜、严寒、浮冰、暴风雪等各种极端恶劣的生存环境中，因纽特人用驯鹿皮或海豹皮制成如今酷似连帽卫衣一样的厚皮袄，同时在帽子边缘加上一圈动物毛来维持脸部的温度。他们管这种防风、防水、保温、透气的超级大衣叫 Parka。

一般而言，一件完美的 Parka，从狩猎到缝制需要整整一个月的时间，而为了保证最佳防水性，因纽特人还会定期将深海鱼油涂在大衣表面。

早在 16 世纪，Parka 就通过西方探险家之手，传入了文明社会，但真正将之发扬光大，变成如今经典大衣模样的，是二战中分秒必争酷爱时尚的美国空军。

当时，为了提升空军的战斗力，让他们可以在高空低温下活动自如，美国军队设计出了各种各样的派克大衣——不带毛边的普通 Parka，编织无比紧密的棉制 Parka，适合野战环境的防水防风 Parka……无论哪款，都受到了美国大兵的热烈欢迎。

同时，由于这种大衣与军队有了紧密联系，派克大衣终于有了自己最重要的基本配色：外绿内白。

二战结束后的 60 年代，亚文化在英国大行其道，看起来随意好搭又帅气的派克大衣，就这么瞬间成为当时年轻人的最受欢迎的标配。当然，精致的英国人将派克大衣进行了二次改良，变得更制服更时尚。

甚至连大名鼎鼎的披头士和 The Who，也对派克大衣爱不释手。后者的 Quadrophenia 专辑封面最显眼的单品，无疑是那件印有"WHO"的派克大衣。

如此帅气招人喜欢的单品，难怪没多久就登上了 Vogue 杂志和世界 T 台，不仅成为全世界直男的衣柜必备单品，更让无数女性明星超模趋之若鹜。

在韩国明星全智贤和金秀贤主演的电视剧《来自星星的你》中，男女主角分别穿着黑色和军绿色的派克大衣在雪地里嬉戏的画面成为经典。该剧播出后，派克大衣更为流行起来。

（选自《作家文摘》第 2290 期）

"时尚界黑洞"拉夫领

◎ Audrey

韩国歌手泫雅曾在新曲发布会亮相时，在脖子上围了一个黑色蕾丝拉夫领圈，配合着黑色桃心大耳环和漆皮系带马丁靴，真是甜美又霸气。

演员白宇在一组时尚大片中也曾身着硕大的拉夫领，在宇宙的布景下显得特别诙谐俏皮。

拉夫领（又名伊丽莎白圈），是文艺复兴时期风靡一时的皇室贵族服饰元素。高高的立领，装饰着白色褶皱花边。这种独具特色的领子装饰源自法国，盛行于德国，随后一直蔓延到西班牙，最终演变为一种宫廷中贵族们可以单独穿卸的佩饰。

这种领子成环状套在脖子上，其波浪形褶皱是一种呈"8"字形的连续褶裥。1565 年因作为伊丽莎白女王的礼物奉上而受到当时流行时尚的青睐，不断发展演变，后来也被称为"伊丽莎白圈"。

到了 16 世纪中期，拉夫领的高度开始被夸大，这个时候的拉夫领不再是简单的刺绣，蕾丝等元素也作为装饰开始被应用在拉夫领上，甚至有些拉夫领的边缘部位还挂着珍珠。因此这个时候庞大繁杂的拉夫领也成为了权力和财富的象征，拉夫领越大也就代表地位越高。

欧洲宫廷电影《伊丽莎白 2：黄金时代》剧照中，伊丽莎白一世的华丽拉夫领造型，就看起来贵气十足。

后期由于服装工艺的发展，拉夫领也有了很多新的变化，除了最初的封闭式领口，还出现了开放式领口。几百年过去，它几经改良，依然余热不减，是秀场上的常青款。

拉夫领之所以被称为"时尚界黑洞"，是因为封闭式拉夫领对肩颈要求高，稍微不留意或是脖子不够长穿它就很容易显得局促。同时，发型搭配失败也会使拉夫领显得累赘多余。

对于一般人而言，拉夫领不需要太夸张，否则更容易暴露"没脖子"的缺点。一般情况下，除非是刻意飞边全包的款式，拉夫领在颈部占据三分之一左右，"小小的一圈"就好，就能够既清爽，又高级。

想要避免没脖子的尴尬，可以尝试开襟式拉夫领——打褶的衣领会在末端向两边翻开，据说 16 世纪时髦的法国人也更偏好这一款型。因为露肤度较高，拉夫领仿佛一下子变轻了，即使再叠加夹克、西装这类冬天的厚衣服，也不会显得太厚重。

（选自《作家文摘》第 2296 期）

哪吒带火的纸袋裤

要问 2019 年夏天最热的时尚博主是谁，那非魔童哪吒莫属。他那修饰腿型的收腰纸袋裤、古法金纹的乾坤圈 choker（项圈）、俏皮可爱的双丸子头、迷离邪恶的烟熏妆……试问哪个时尚偶像可以和他比肩呢。

纸袋裤的名字源于裤子高腰绑带设计配合哈伦风格的裤型使得裤子看起来像个大纸袋，有趣的形容也更为大家接受。

纸袋裤其实在上个世纪就流行过了，主要特点就是利用腰带或抽绳将高腰裤束起来穿，腰部形成的褶皱远看就像层层叠叠的花瓣一样。加上裤子本身比较宽松，也可以看作是"高腰 + 腰带"版的阔腿裤。

除了继承阔腿裤显瘦显高的特点外，腰间花苞的设计，还能遮住肚子上的小肉肉。而且格外强调腰线的纸袋裤更有设计感和时尚感，什么风格都能轻松打造。

作为裤装界的黑马，纸袋裤还能完美 hold 住职场搭配，在这个季节与衬衫搭，应该是最凸显气质的。既有衬衫的工作风，又有纸袋裤的俏皮感。

也可以选择上面搭配个小短款，直接露出腹线，裤腰口有花边做修饰，显出几分俏皮感。如果不适应宽松风格，可以在裤脚做卷边处理，这样能收敛拉低裤身的重量，裤子就更容易显垂顺，而且趁机露出纤细的脚踝位置，时髦感也不差。

纸袋裤同样是非常百搭的裤子，和夏季必备的 T 恤在一起，也是非常好的 CP。纸袋裤搭配 T 恤基本上没有年龄的限制。比如陈乔恩的咖啡色纸袋裤搭配经典的黑色 T 恤，这样的搭配比较休闲。

（选自《作家文摘》第 2258 期）

挪威，人人有件花毛衣

◎ 潘子正

在挪威人的生活哲学里，如果想要很好地体验缤纷多彩的大自然，就应该穿一件漂亮舒适的羊毛衫出门。用上好羊毛按照马里乌斯图案手工织成的毛衣被叫作马里乌斯毛衣，这是挪威人最钟爱的毛衣，几乎人手一件，有的还拥有数件。说起马里乌斯图案，它的历史并不久远，是由赛兰女士于1953年创制的。赛兰女士本人是一位针织爱好者，她当年使用代表挪威国旗的红、蓝、白三色鲜艳羊毛织出这个图案，让人眼前一亮，前卫而时尚的创意一下子触发了一股跟风潮流。

毛衣为挪威提高国际影响力

在上世纪50年代，赛兰算是挪威工业协会为数不多的女性先锋，她组织起1000多名女士以家庭作坊的模式编织马里乌斯毛衣，并为手工针织衫的用料、剪裁及编织技术撰写了严格的规范书，该书至今仍为挪威众多羊毛针织企业奉为"挪威针织衫圣经"。大获成功的马里乌斯毛衣在1954年分别成为电影《言语巨魔》中男女主角的剧服及代表挪威队出征瑞典高山滑雪世界杯的队服。在比赛中，挪威选手斯坦·埃里克森不仅勇夺三枚金牌，他穿着艳丽毛衣滑下山坡的矫健身影更把马里乌斯图案推到了全世界的眼前。自那时起，结合了挪威人对大自然的喜爱及对户外运动热情的马里乌斯图案成为挪威全国毛衣编织使用次数最多的图案。2002年，为表彰马里乌斯毛衣为挪威提高国际影响力做出的贡献，挪威国王哈拉尔五世授予赛兰女士一枚"国王荣誉功绩"勋章。

平日里可以随手拎起穿着

成为挪威的国家标志后，赛兰女士为"国宝级"的马里乌斯毛衣设计了略加改动的另一个版本，同样风靡全国。她还先后为德国设计师乌利·李希特、法国品牌克里斯汀·迪奥和纪梵希亲手编织了独一版的马里乌斯毛衣，是至今唯一用针织衫打入巴黎时尚T台的挪威女设计师。在《华盛顿邮报》名为"来自挪威的针织衫"一文中，作者指出宇航员威廉·安德斯、影星英格丽·褒曼、美国前总统卡特及第一夫人罗莎琳均是马里乌斯毛衣的粉丝。"罗莎琳曾以一件马里乌斯毛衣出席活动，独特而惊艳"，文章这样描述。

一件正品马里乌斯毛衣的标价动辄高达三四百欧元。除了图案蕴含的文化价值高外，更是因为选用了质量上乘的羊毛。羊毛透气、隔热、防潮，能够控温还能自我清洁。无论天气如何，挪威的儿童从出生起就穿着羊毛衫来保暖防湿。

挪威人喜欢编织羊毛衣物的历史可以追溯到维京时代，《编织挪威羊毛衫》一书的作者托纳女士表示，羊毛衫非常适合徒步时穿着。因为"它让人在冬季感觉温暖，在夏季感到凉爽，非常舒适。而挪威羊毛特有的卷曲颇受欢迎，毛纤维又比澳洲美利奴羊毛更强韧耐用"。挪威的羊都生活在草木茂盛的大自然中。它们吃的是绿草、鲜花，饮的是山泉、湖水，出产的一切真正来源于自然。好的生活环境不仅体现在羊毛纤维的厚度上，寒冷也减少了细菌和杀虫剂问题，75%的挪威羊毛生产过程都得到北欧环保认证。于是，穿着一件优质而靓丽的毛衣出门，无论是在城市还是乡村，就好比将大自然穿在了身上，让穿衣人要么感受到自然的环抱，要么散发出自然的光芒。挪威人说，马里乌斯毛衣已经深深根植于挪威文化，人们平日里可以随手拎起穿着，虽然平凡但是不可或缺。

一切皆可马里乌斯

马里乌斯是挪威被注册的保护商标。在挪威各大商场及旅游纪念品店里，不要说各种马里乌斯图案的毛衣、T恤、围巾、披肩、袜子、手套、连体服等让人挑花了眼，就连宠物狗也拥有狗狗版的迷你马里乌斯毛衣和围巾！

除了将自己与宠物从头到脚穿上马里乌斯，挪威人厨房里的杯、碟、碗、托盘、围裙乃至炒菜铲子；卫生间里的洗手液瓶、香皂盒、多功能收音机、护肤品旅行包；居家用的被套、灯罩、雨伞、抱枕、餐巾、蜡烛、U盘还有眼镜盒；装饰的圣诞驯鹿、钥匙坠、扑克牌等都可以打上马里乌斯烙印。马里乌斯已经渗透到了挪威人工作、厨卫、玩具、装饰品、电子产品等日常的方方面面。在挪威，一切皆可马里乌斯。

（选自《作家文摘》第 2226 期）

"破烂"的波西米亚

◎ 飞飞

波西米亚这个词，并不陌生，但波西米亚究竟是一个地方？是一类人群？是一种风格？还是一种精神内核呢？

波西米亚地区现在是捷克共和国的一部分，这儿有艺术爱好者的天堂布拉格古堡，还有旅行者的胜地克鲁姆洛夫小镇。在历史上，波西米亚曾经是罗马帝国的一部分，随着日耳曼人、吉卜赛人、斯拉夫人的相继迁入，在上演了几场轰轰烈烈的争霸赛之后，波西米亚独霸一方成立了王国。

正是这些动荡的波折，使得追求梦想的年轻人想外出流浪。秉着"出门在外，只能将就，不好讲究"的原则，这群流浪的年轻人习惯穿着松松垮垮不修边幅的衣服。衣服面料粗犷厚重超耐磨，颜色鲜艳亮丽又耐脏，没有什么精致的剪裁，最多在完整的布料上剪些随意的流苏作为衣服的样式，或者是添加不同的花纹增添个性与修饰。他们没有钱买昂贵的首饰，于是自己编织手工饰品，也算是为爱美的心找到了一个发泄口。就此，最原始的波西米亚风形成了。

从波西米亚走出去的流浪者穿着特立独行的服饰，再加上他们离经叛道的个性，受到外界的关注，于是被争相模仿。后来，一位法国服装设计师把这种风格搬上了时装周舞台，让波西米亚风成为全球时尚界的宠儿。

19世纪中期，巴黎人把那些从外省来到巴黎闯荡、没有名气没有钱、从事文学与艺术创作的年轻人都叫作"波西米亚人"。

身为波西米亚圈子一员的亨利·缪尔热写了一本小说《波西米亚人的生活场景》，在报纸上连载并被改编成音乐剧，这使"波西米亚"成为文人与艺术家及其放荡不羁爱自由生活方式的代名词。

波西米亚人追寻的不是金钱，他们渴望反叛，向往灵魂的自由，强调个人脱离传统的激情。坚定的波西米亚人似乎为了精神的高贵甘愿穷困一生。

（选自《作家文摘》第 2232 期）

石榴裙是什么裙

© Sundy- 迪

唐人万楚在《五日观伎》中说："眉黛夺将萱草色，红裙妒杀石榴花。"中国古代男人们常常拜倒在女子的石榴裙下，既然连石榴花都无比嫉妒的裙子这么具有杀伤力，那"石榴裙"是何时产生又长什么样呢？

石榴与裙联系

作为"多子多孙多福气"的石榴，第一次与裙联系起来是在西汉成帝时的《黄门倡歌》：

> 佳人俱绝世，握手上春楼。
> 点黛方初月，缝裙学石榴。
> 君王入朝罢，争竞理衣裳。

而最早提到"石榴裙"一词，是在南朝梁代何思橙的《南苑逢美人》：

> 风卷葡萄带，日照石榴裙。

由此可知，这种杀伤力武器早在 1500 多年前的梁代就已产生。后来到了唐代，石榴裙便成为了女人们极为追捧的潮流服饰，据粗略统计，唐诗中关于"石榴裙"的诗歌共 32 首。其中，涉及贵族女子的 14 首、青楼女子的 12 首，另有 6 首指代不明。由此可推断，穿着石榴裙的女子可大约分为两种：贵族女子和青楼女子。

谁穿石榴裙最好看

据说穿上"石榴裙"可以让年轻女孩儿变得俏丽动人，让成熟女性变得娇柔媚态。

而最能把石榴裙穿出韵味的非我国古代四大美人之一杨玉环莫属。传说杨贵妃素来喜爱石榴花，于是唐明皇为了讨得美人欢心，命人在华清池西绣岭、王母祠等地广泛栽种石榴。等到石榴花开放之际，这位风流天子便与自己的爱妃摆宴欢饮在这"炽红火热"的石榴花丛中。杨贵妃饮酒后双腮绯红的妩媚醉态令唐明皇极为欣赏，常将贵妃的粉颈红云与石榴花相比，看看哪一个更为艳丽动人。

此外，流传千年的典故"拜倒在石榴裙下"也是由这位杨贵妃而来。据说一天唐明皇设宴召群臣共饮，并邀杨玉环献舞助兴。可杨贵妃端起酒杯送到明皇唇边，向皇上耳语道："这些臣子大多对臣妾侧目而视，不使礼，不恭敬，我不愿为他们献舞。"唐明皇闻之，感到宠妃受了委屈，立即下令，所有文官武将见了贵妃一律使礼，拒不跪拜者，以欺君之罪严惩。众臣无奈，凡见到杨玉环身着石榴裙走来，无不纷纷下跪使礼，这便有了"拜倒在石榴裙下"这句俗语。

石榴裙什么样

白居易在《琵琶行》中写道：

> 曲罢曾教善才服，妆成每被秋娘妒……钿头银篦
> 击节碎，血色罗裙翻酒污。

这里的"血色罗裙"即是石榴裙，说明石榴裙的颜色如鲜血般红艳。但在没有化学染料的古代，朱红色的石榴裙为何物所染？

虽《燕京五月歌》中有"石榴花发街欲焚，蟠枝屈朵皆崩云，千门万户买不尽，剩将儿女染红裙。"日本人山崎青树在《草木染料植物图鉴》中著："石榴的树皮、根皮、落花、果皮、叶等皆可利用染色。"但目前并未找到石榴裙由石榴花染得的证据。

倒是有红花菜为染石榴裙的植物原料一说。红花菜，是一种古人常用的染真红色的植物染料，且明代徐光启老先生在《农政全书》中载：

> 红花菜，本草名红蓝花，一名黄蓝，出梁汉及西
> 域，沧魏亦种之，今处处有之。梂中结实白颗如小豆
> 大，其花暴干以染真红及作胭脂。

说明红花菜还能制成胭脂，而染真红色的染料是从红花菜的花籽里提取出来的，加酸后沉淀形成染液用于染色。

所以红花菜染成的布料特别怕碱，一遇到碱水立即脱色。《红楼梦》第六十二回里也有关于石榴裙的描写："宝玉方低头一瞧，便嗳呀了一声，说：'怎么就拖在泥里了？可惜这石榴红绫最不经染。'"这段文字中提到的石榴红绫就是石榴裙，而且宝玉知道这"石榴红绫最不经染"。

制石榴裙的面料不是棉布，不是麻布，而是绫，这种轻薄透露的丝织面料能够若隐若现女性的诱惑胴体。

最让男人们无法移开视线的是石榴裙那敞开巨大的袒领，半露或全露酥胸，给人一种若隐若现的迷人感觉，尽显唐朝女子雍容华贵的绝世魅力。

（选自《作家文摘》第 2232 期）

马术见证时尚变迁

◎ 小别扭

马术发源于英国，18 世纪起就已颇具规模了。当时，这项"贵族运动"的参与者和观赛者都是王室成员，直到近现代，马术比赛才开始对普通人敞开大门。

我们日常所认识的时装文化，和马术有着千丝万缕的关系。这是因为 200 年前，欧洲大部分地区都是以马车或马匹为代步工具，骑马的皮具与衣服，自然是每家每户的必需品。

爱马仕当初就是以制作马鞍起家，最著名的 Kelly 包和 Birkin 包，灵感都源于马鞍。法国著名箱包品牌 Longchamp（珑骧）这个名字，居然是创始人以法国一家闻名的赛马场来命名的，他们的 logo 也是一匹驮着赛者的马。

在欧洲，最能见证不同年代时尚变迁的地方，不是伦敦高级餐厅，不是以传统的男士定制服装而闻名的伦敦萨维尔街，而是马术比赛的观众席。

1906 年的马术赛场，大部分淑女们还身着钟形裙撑和曳地长裙观看。但已有前卫的女性抛弃了裙撑，以阿拉伯式丝质束腿裤现身马术赛事。1925 年是香奈儿的黄金时代，前来观赛的女孩儿们开始用现代风格的套裙搭配钟形帽，演绎着爵士时代的马术观赛装束。

到了上世纪 60 年代，迷你裙早已席卷欧洲，但在马术赛场上，女人们仍然身着剪裁合身的套装。对女士来说，观看马术比赛，着装标准就是优雅得体。为此，还有一套严格的精确到数字的官方穿衣礼仪。为防干扰到马的视线，观马术时是严禁穿着过于鲜艳色彩的服装。最安全的选择是同色系，同色系套装＋同色系帽子，永远不会出错。

在观赛指南里，最值得说的一件配饰就是帽子。它在整体着装中，戏份最为吃重。根据守则，所有在场的女士必须戴帽，选择直径大于4英寸（10厘米）或更长的头巾来代替帽子也是可行之举。

在大众传统观念中，在活动开始时戴着帽子是不符合礼节的，但只有在马术赛场上，女人们必须一直戴着帽子，不可以摘下。例如，每届英国皇家赛马会的第三天被定为"淑女日"，依照传统，这一天女士们会佩戴各种形状奇特，充满创意又不失优雅的帽子出席。

奥黛丽·赫本主演的电影《窈窕淑女》中，马场观赛的一幕堪称经典。赫本饰演的卖花女首次现身上流社会，以一套黑白礼服亮相 Royal Ascot 赛场，巨型宽檐帽"怒刷存在感"。观赛的名门淑女们无不头戴类似的宽檐帽，她们会在赛马季前，就提前预约礼帽设计师，为自己上门定制一项最特别，最符合自己审美的帽子。这样的惯例延续至今，洋装礼服的式样发生了改变，趋向简约，帽子却依然保有天马行空的余地。

（选自《作家文摘》第 2137 期）

芭蕾舞鞋的时尚变体

◎ 杨丹

19 世纪，浪漫主义诗人希望他们的缪斯犹如精灵般轻盈飘忽，便在芭蕾舞的剧本中大量描述天鹅、仙女等角色，就这样舞蹈演员开始用他们的脚尖移动。专业用于足尖站立的舞鞋也应运而生。

克莱尔·麦卡德尔是第一批意识到这份商业潜质的美国设计师之一，当 lord & taylor 百货商店开始展卖基于舞鞋样式设计的日常用鞋时，芭蕾舞鞋开启了向时尚平底鞋的转变。

1956 年，法国女演员碧姬·芭铎获得了饰演电影《上帝创造女人》中女主角的机会，她专门找到罗萨·雷佩托设计了一款改良版红色皮质芭蕾舞鞋，耐磨的鞋底同样适用于户外。银幕内外，芭铎都用这双"灰姑娘"平底鞋来搭配卡布里紧身长裤和条纹布列塔尼上衣。此后，这成了阳光海滨最典型的装束。

20 世纪中期的流行文化在尖跟鞋和平底鞋之间形成了泾渭分明的对峙。尖跟鞋是性感的、挑逗的；平底鞋是知识分子的、无拘无束的。与此同时，对美国"垮掉的一代"来说，穿着方式成了对父辈古板风格的无声抗议。男生蓄起胡须，歪戴上贝雷帽，穿得松松垮垮；女生则为了表现自己不是娇花一朵，穿着暗淡的颜色，被弱化性别标签的平底鞋成了她们最理想的鞋型。在电影《甜姐儿》中，奥黛丽·赫本扮演的乔就属于这个群体。

影片中最经典的桥段是赫本与两位男舞伴跟随爵士打击乐，跳了一段三分钟的舞蹈。她纤细修长的四肢笨拙地晃动，充分达到了人设的"反性感"效果。那场戏，菲拉格慕特意为赫本设计了一双黑色麂皮平底鞋来搭配纪梵希的黑色高领毛衣和九分直筒裤。赫本觉得平底鞋让她的脚看起来像船那么大。为了让摄影机更好地对焦脚部的运动，导演斯坦利·多宁让原本就不情愿的赫本穿上更加显眼的白袜。即便她向多宁抱怨了好几次，那段"有名"的争吵仍以赫本的道歉纸条告终："袜子的事，你是对的。"

这样一双平底鞋，她一穿就是40年。虽然平底鞋没能避免在潮流中起起伏伏，但当时赫本的选择让梦露的穆勒毛拖鞋和索菲亚·罗兰的匕首跟鞋显出了一丝老旧颓靡。

（选自《作家文摘》第2164期）

你的冬装，大半来自世界大战

英雄代言牛角扣大衣

牛角扣大衣堪称冬日里最经久不衰的单品之一。1887 年，英国裁缝约翰·帕特里从一种波兰式的连帽军礼服中得到灵感，设计出了最早的牛角扣大衣。

一战期间，牛角扣大衣被英国皇家海军选中在海军中普及，其厚实的面料和防风耐磨的特点，广受士兵欢迎。

二战期间，牛角扣大衣也在陆军中渐渐流行开来。当时英国陆军元帅蒙哥马利就特别喜欢穿这种大衣。另一位二战名将，英国特种空降部队的创始人大卫·斯特林也是出了名的爱穿牛角扣大衣。有了英雄将领的代言，牛角扣大衣一时间名扬四海。

二战结束后，牛角扣大衣不再是军需品，一对商业嗅觉灵敏的 Morris 夫妇借机收购了大量军队库存，将它们出售给普通民众，立刻便被一抢而空。尝到甜头的 Morris 夫妇随即成立了自己的制衣公司 Gloverall，也就是如今牛角扣大衣界毫无疑问的龙头老大。

到了 20 世纪六七十年代，牛角扣大衣又被赋予了新的文化内涵。曾经"参过军"的它摇身一变成了反战运动中的先锋。那时，无论是在巴黎左岸的共产主义愤青，还是常春藤学府中的学生，几乎人手一件。牛角扣大衣和美式军服派克大衣一起，成为了年轻人们反抗建制的宣言。

派克大衣原是老美军棉袄

保暖又有型的派克大衣可以说是冬日里的型男必备款。

派克大衣英文写作 Parka，最早指的是由生活在北极地区的因纽特人发明的以驯鹿皮或是海豹皮制作的大衣。

因为出色的保暖性能，二战期间美国空军在传统 Parka 的基础上发展设计出了 B-9 派克大衣，面料改成了尼龙织物，内里填充了棉花，更加轻便的同时也能防风防水。

20 世纪 40 年代末，为了应对更极寒天气中的任务，美国空军又推出了经典的 N-3B 派克大衣。把 B-9 款式中的纽扣改成了拉链，可以一路拉到顶只露出两只眼睛，内里也采用了更为保暖的面料。

派克大衣的另外一种款式来自于为 1951 年朝鲜战争设计的"鱼尾大衣"，它们的特点在于后背的开衩可以绑起来防止风吹入，而散开的时候就好像鱼尾一样。

随着战争的结束，普通民众也能在军需用品店买到派克大衣了。到了上世纪 60 年代则直接演变出了民用版，派克大衣从此离开军营走进了百姓家。

当时这种廉价的民用版本被英国的 MOD 族群疯狂热爱，骑着小机车，在西装外层套上派克大衣成为一种混搭时尚。派克大衣也由此烙下了深深的青少年亚文化印记。

巴宝莉传奇

风衣的军事起源，大家或多或少都有所了解。无论是《魂断蓝桥》中风度翩翩的罗伊，还是大荧幕中烟不离手的刑警侦探，都在向我们诉说着风衣的制服过往。

风衣也不只是男人的专属，电影《蒂凡尼的早餐》中奥黛丽·赫本身着巴宝莉（Burberry）风衣的形象就让无数人为之倾倒。当然 Burberry 本身也是我们在说起风衣时绕不开的话题，实际上风衣的发展史几乎就等同于 Burberry 的白手起家史。

一战时期堑壕战盛行，英国士兵经常不得不在雨中的壕沟中作战，此时的英军急需一种能够防雨防风的耐用外套。

而当时的英国，只有两家店能够提供这种面料满足军方需求。一家是深受皇室贵族喜爱的老店 Aquascutum（雅格狮丹），另一家则是由一位叫 Thomas Burberry 的年轻人开的户外用品店，最初他们主要给农夫做工装外套，凭借优良的品质赢得了一批忠实顾客。

1879 年，Thomas Burberry 根据当时的牧羊者及农夫穿的麻质罩衫，研发出一种独特的斜纹防水面料——华达呢，用这种材料制作的大衣耐磨不易撕裂，防风防雨价格又便宜。1901年，Burberry 设计出了为军队改良的战壕风衣，一出世立刻被指定为英国军队的高级军服，因而也就有了《魂断蓝桥》里迷倒无数少女的经典一幕。

战后，政府将多余的战壕风衣分发给了民众，这一军队风的外套自此平民化。在绅士名流们的带动下，这款外套迅速成为时下潮流，并开始大量出现在电影中。《北非谍影》《蒂凡尼的早餐》以及同时期法国的新浪潮电影中，都可看到许多身着风衣的荧幕形象。

有了明星电影的加持，风衣成了冬装中永不过时的经典，而 Burberry 也从一家为农夫做工装的服装店逆袭成了一线奢侈品服装品牌。

可见，战争不仅仅在政治经济这样宏大的命题上影响着历史进程，也许你生活中最寻常的一个事物也是因上个世纪的硝烟而起。

（选自《作家文摘》第 2176 期）

欧洲的假发时尚

◎ 余允芳

观赏欧洲 16—18 世纪背景的剧作以及描写那个时代的歌剧或电影，剧中那些王公贵族，都有着长长的卷发。那个时期的绘画中，主人公往往也是卷发披肩。其实，并不是他们的头发真的长得这么长，而是那个年代，流行假发。

在当时，作为装饰品、乔装用品乃至职位的标志，假发被认为非常必要。没有地位的人或者穷人，竟然还没有戴假发的资格。在巴尔扎克的《高老头》中，真名约格·高冷的苦役逃犯伏脱冷总是戴着一顶假发，目的就是要让他人以为他是一个有身份的人，直至被捕时，"便衣警察头头径直向他走去，迎头一掌，把他的假发击落，使他露出了狰狞的面目……"

其实，假发也不是 17—18 世纪才有。据考证，古代的叙利亚人、腓尼基人、希腊罗马人都有以假发为时髦。古罗马诗人奥维德（公元前 43—17 年）在《爱的艺术》中甚至写道，有的"女人呢，装着她刚买来的茸厚的头发走向前来，而且只要花几个钱，别人的头发就变了她们的了。而且她们是公然在海格力斯和缪斯们面前买假发也不害羞的"。

罗马帝国衰亡后，戴假发的风气停滞了 1000 多年。直到 16 世纪，为了弥补脱发或改善外貌的需要，才又重新开始流行起来。

假发之所以重新开始流行，最初的一个因素是由于皇家的光顾。据说1562年，英国女王伊丽莎白一世患了天花，头发有些脱落，女王当年只有29岁，为了掩饰，她开始戴假发。一副精心制作的古罗马风格的赤褐色假发，和女王豪华的礼服及妆容配合得十分贴切，使她得以保持青春。

后来，查理二世（1630—1685）也因为不到40岁就头发灰白，于1770年开始戴假发。在法国，路易十三国王（1601—1643）同样年纪很轻就过早地开始脱发，于是就从1624年起开始戴假发。他的长子和继承人路易十四（1638—1715）只有17岁时，可能因治疗梅毒而汞中毒，头发也开始稀薄，到22岁时就脱发得更多了。

对一个国王来说，脱发是格外让他感到尴尬的：一个脱发的国王，往往会被认为是王族家系中的疯子，连要在王族中找一个新娘都会遇到困难；而且百姓们都相信脱发是梅毒造成的，会起来反对国王。为挽救自己的形象，路易十四在1655年秘密请来48位师傅，为他制作各种不同式样的假发。

梅毒被认为是哥伦布和他的船员们在发现新大陆后回到欧洲时带回来的。医治梅毒的特效药砷矾纳明，俗称"六零六"，要等到300多年之后的1909年才由德国医学家保罗·欧立希发明出来。在这300年的时间里，起初，医生们都用愈创木，更多是汞，也就是水银搽洗或熏蒸来医治梅毒。水银虽然对梅毒有一定的疗效，却不能根治，更糟的是往往会因为长期或过量使用而招致病人汞中毒，头发大量脱落。

尽管脱发有多种原因，但是在梅毒流行、梅毒病人越来越多的情况下，人们总会很容易地从脱发直接联想到梅毒和水银治疗。于是，在公众的心目中，脱发也被看成是这一可耻行为的象征；相反，有一头飘逸的长发，就成为正派健康的标志。

于是最受追捧的当然是一年四季无论气候冷暖都适用的精心制作的假发。

英国内战（1642—1651）和战后时期，议会中清教"圆颅党"得势时，这些剪短发或剃光头的清教派反对戴假发，一些清教徒牧师甚至不允许任何戴假发的人进教堂。但这一切都阻挡不了假发的流行。

随着1715年路易十四去世，"路易十四时代"的奢华之风衰落，装腔作势的假发时尚也渐渐不受欢迎。"法国大革命"把一个个戴假发的贵族送上断头台，假发风尚从此也一蹶不振了。

（选自《作家文摘》第2180期）

英国 400 年秋裤变迁

据史料记载，英格兰人开始穿秋裤始于 17 世纪。它的英文名字叫 Long Johns，一种说法是，这名字来源于一位在格斗的时候总爱穿秋裤的著名刀客。英格兰人发现秋裤在家里随便穿着很随意舒服，又可当睡裤，特别是给儿童使用，穿秋裤变得流行起来。

真正将秋裤变成英格兰时尚的是世界第一位重量级拳王萨利文。他出生在一个爱尔兰移民家庭。萨利文在拳坛上穿着秋裤、挥拳打遍英美无敌手的形象让英格兰男女都感觉巨酷。

英格兰达比郡一家有 225 年历史的制衣公司立即抓住这个商机，将其生产的秋裤以拳王的外号命名为 "Long Johns"。由此引领了当时的时装风尚，同时也符合英国部分地区冬日寒冷潮湿时人们保暖防寒的需求。北美和北欧的制衣商也纷纷效仿，并以不同的设计申请不同的专利。

20 世纪 80 年代以后，欧美人民生活开始进一步极大改善，纺织科技的进步，导致秋裤的实用性下降。主要的原因包括：家庭取暖的普及，食物量大幅度提高，特别是纺织业技术改善，纺织面料的保暖性极大提高，使得人们不必要在寒冬之际层层加厚衣服。从审美上说，秋裤不仅可能自然会遮掩美体，设计或质料不好的还显得臃肿，还让人在冬天感觉层叠累赘。

随着气候变化，各国人士都开始呼吁减少发电、空调等能源污染，秋裤又开始返回人们必需品中。比如韩国的前总统李明博数次在广播演讲中公开呼吁"穿上秋裤，节约能源"。

如同旧时代有不同名称一样，新时代的秋裤不仅面料、造型、设计百花齐放，各种所谓"功能性秋裤"也应市场需求而生。

（选自《作家文摘》第 2080 期）

夏威夷衬衫：黑帮心头爱

◎ Sukey

在影视剧里看到的黑帮，标配三大件：墨镜、大金链子和花衬衫。花衬衫鲜艳招摇、放荡不羁，黑帮大哥小弟都爱穿，大概很符合他们心中反叛、无所畏惧的信念。

这走路带风的花衬衫，大名叫夏威夷衬衫，也可以叫它 Aloha Shirt，但它并不是夏威夷原住民的传统民族服装。20 世纪 30 年代，第一批 Aloha Shirt 诞生，灵感据说是来自当地传统的农业劳作服装"Palaka"的样式，而到底是谁发明了夏威夷衬衫，至今仍存争议。

1936 年，颇具商业眼光的夏威夷华裔 Ellery J.Chun 第一个将"Aloha Sportswear"注册为商标，随后又注册了"Aloha Shirt"，这一举动奠定了 Aloha Shirt 商业化发展的基础。

1961 年，猫王 Elvis Presley 穿着 Aloha Shirt 登上专辑《Blue Hawaii》（蓝色夏威夷）封面，一度让这件衬衫活跃在潮流一线。

看上去花哨得不得了的 Aloha Shirt，在夏威夷则被认为是正式的服装，在一些指定场合甚至可以穿着夏威夷衬衫打领带和搭配西装外套。

夏威夷文化能在世界各地都受到广大认同，与 Aloha Shirt 在影视剧中的频繁亮相不无关系。1995 年，小李子盛世美颜时演的《罗密欧与朱丽叶》，堪称是 Aloha Shirt 的花美男范本。

如今，无论是奢华时装还是街头潮牌都纷纷吸取了 Aloha Shirt 的精髓，在各种明星街拍中都能看见它的身影。但 Aloha Shirt 的精髓终究是在夏威夷，这个地方的魅力在于，不管是黑帮草根，还是明星贵族，都能享受到从发丝到脚趾，每一个毛孔的放松。

（选自《作家文摘》第 2096 期）

睡衣的"异化"

◎ 沈轶伦

睡衣作为流行元素被追捧，早已不是新鲜事。在京沪等城市的高档写字楼和商场里，不时可见穿着具有"睡衣"元素的衬衫或者连衣裙的摩登女郎昂首出入。这情形，完全不像数年前上海曾掀起的那场"睡衣战"。

2009年，曾为《国家地理旅行者》等杂志供稿的美国摄影师格里哥利亚出版了一本关于上海的书：《行星上海》。除了展现城市的摩天大楼和充满人情味的街角小巷，他提供了一个观察上海的独特视角——穿睡衣出门的上海人。穿睡衣能否出现在公共场所成为当时的热门话题。

2010年，邹积隆在《上海支部生活》中梳理了上海人穿睡衣习俗的由来。在他看来，上海人穿睡衣上街，有经济和社会生活等多方面的原因。

首先是弄堂环境。上海的弄堂相当于北方的胡同，是上海等南方城市最小的居民社区。"弄堂里人口密集，对于生产上必需的应用物品，其消费量亦足以惊人，于是有一拨投机小贩，在弄堂里叫卖日用品或食物，总名都叫作'跑弄堂'，因为他们的主顾几乎全是弄堂住户，听到了叫卖声，想买什么小吃等东西，还会等换了衣服再出去吗？"

此外，穿睡衣出门的习惯养成，和上海那时狭窄的居住空间有关，"大多居住空间狭小、局促，一些家务如洗涮、晾晒以及游乐甚至烹饪、睡眠等，就自然而然、不知不觉地转移到或'扩张'到弄堂中去做了。"邹积隆认为，上海人的睡衣，实际上已经"异化"为一种居家休闲服，并非仅仅是睡觉时候才穿的。

关于上海的睡衣，上海著名时装品牌鸿翔时装创始人的公子金泰钧说，在上个世纪三四十年代，上海的中上阶层都有穿睡衣的习惯。睡衣一般由棉纱布等透气材质制成，较为富裕的人家会穿丝绸质地睡衣。更为考究的人士，不仅在夜里入睡前要换睡衣（供卧室内活动）、早上起床后还要穿晨袍（供离开卧室后到客厅等区域活动）、直到洗漱出门前才更换正式服装。

穿上或者脱掉睡衣，是一个人社交环境与私人领域的分水岭。睡衣是一种标志，标志着进入了室内的、隐私的区域。而"室内"和"隐私"这两个概念，正是城市文明的产物。如今穿睡衣上街或去社交场所成了时尚，其风向的转变真是令人莞尔。

（选自《作家文摘》第 2070 期）

女人裙摆的秘密

◎ 段思含　新星

1926 年经济学家提出"裙长理论"来形象解析关于"女人的裙子越短，经济越景气"的论证。不可否认，时尚潮流的演变与社会环境息息相关。伟大的设计师总会掌握着社会脉搏，将对人们的情绪观察最迅速直接地反映在服装上。

1901 年，英国女王维多利亚的去世意味着一个以复杂的样式设计、夸张的紧身胸衣，精美绝伦的刺绣、蕾丝及丝绒点缀来表现女性优美曲线与高贵气质的服饰时代结束，但是在整个欧美世界，服装款式仍有许多戒律。在那个时代，严密遮盖整个身体的拖地式长裙盛行。

20 世纪初，欧美世界长时间笼罩在第一次世界大战的阴影之中。在整个战争期间，妇女们不得不接替男人们的工作。为了便于从事新的工作，女人们需要简便而又实用的服装，那种使人行动不便的拖地长裙理所当然地遭到了抛弃。裙子顺理成章地越变越短。到了 1917 年，裙子的下摆终于被提高到了小腿下部。在小腿下方截断的裙长和向外展开的新式裙摆迅速成为了新的时尚风潮。

1910—1920 年间，"时尚界的神谕者"这一美誉非保罗·波烈莫属。保罗·波烈的重要贡献是把妇女从紧身胸衣里解放出来。他设计出以东方民族服饰为启迪的新时装，其中一款被命名为"孔子"的中国大袍式宽松女外套很快获得巴黎女性的欢迎。之后，保罗·波烈又推出了以"自由"命名的两件套装，这两件"自由"套装也吸收了东方服装的剪裁方法。

上世纪 20 年代，熬过了黑暗的战争岁月，各行各业开始讴歌青春和生命，时装界也不例外。那个时期的裙子有各种 ArtDeco 拼接、流光溢彩的面料、蓬松飘逸的羽毛披肩、下拉的腰线、摇曳的流苏裙摆……

上世纪 30—40 年代，经济大萧条和第二次世界大战接踵而至，那些浮华的造型消失得无影无踪。裙子长度如华尔街的股票指数一样骤然下跌，中长和及踝的裙装潮流回归。

在度过了 40 年代的艰难岁月之后，人们迎来了欣欣向荣的 50 年代。法国服装设计师克里斯汀·迪奥推出了突出胸、腰、臀曲线造型的系列女装，这就是著名的 New look。这种服装的特点是：肩部柔和圆润，胸部得到恰当的突出，腰部则紧紧地束起，并在臀部加入了衬垫，宽大的褶皱蓬裙下垂到脚踝的位置。

上世纪 60 年代最主要的时尚故事是关于迷你裙、超短裙的。关于迷你裙的设计者，普遍认同的说法是英国著名服装设计师兼职业模特和演员玛丽·匡特。1965 年，针对具有反叛精神的青少年，玛丽·匡特推出了小得不能再小的裙子，就是今天的迷你裙、超短裙。

此后，女人的裙摆长短进入了一个多变的时代，中性风潮的盛行也使人们彻底淡化了性别的差异，长还是短、裙子还是裤子，早已经不再是问题。

（选自《作家文摘》第 2027 期）

男人的"胸器"

◎ 段思含　新星

关于领带起源的说法还有很多，但有史料记载的最早领带是在 1668 年。当时，路易十四在与奥地利交战期间，发现奥地利士兵的脖子上都围着一块白布围巾作为识别标志，非常欣赏这种装饰，回宫后就给自己也制作了一条，并佩戴上朝。后来，路易十四将之改造成蝴蝶结的形状，成为领结的雏形。

虽然上行下效，但此时的领带却仍然停留在路易十四个人爱好的阶段，并没有普及。法国大革命失败后，领带才开始作为简单朴素的配饰流行开来。

革命失败之后，贵族的奢华生活也走到了终点。男人们放弃了原本华而不实的服饰，换上简单朴素的装束。类似于现代燕尾服式样的服装开始流行，领带则作为附属品走进更多人的生活。只不过当时的领带还只是领巾的样式——用白麻、棉布、丝绸等制作而成，在脖子上围两圈，在领前交叉一下，然后任其自然垂下，也有的打成蝴蝶结状。渐渐地，原本的领结被较小的高领圈取代，上面饰有皱褶。

法国著名作家法朗士在小说《领带》中这样写到：他的暗绿色上装的领子竖得很高，他穿着一件 Nankingstoff（南京紫花布背心），黑绸子宽领带在他的颈上绕了三圈。

1868 年英国诞生了世界上第一款领结——温莎结。这是为了配合温莎公爵的偏好而发明的，可以说是所有领结中最正式的一种。在 20 世纪末风靡一时，被视为艺术家的象征。20 世纪 30 年代，温莎公爵访问美国期间，温莎结蔚为风行。1949年，依照当时规定，没有打领带的绅士无法进入正式场合，慢慢地领带成为社会地位的特殊符号，并因此开始风行。

而口袋巾的起源可以追溯到古希腊时期。公元前 500 年左右，古希腊的富人开始使用香水，佩戴口袋巾。英国和法国的贵族们则会随身携带洒了香水的绣花手帕，在经过有异味的街道时，用来遮掩口鼻。

手帕从功能性转变为装饰性的口袋巾，始于 17 世纪法国宫廷。但凡俊俏的男士或是美貌的女子，手上总是攥着一块手帕。路易十六登基时，手帕进入了一个鼎盛时期。

到 20 世纪初，这种正方形的手帕成为了绅士的代名词。一位优雅的绅士从来不会让西服前胸的口袋空着出门，甚至有一种说法，没有搭配口袋巾的西装不算是一套完整的西装。

（选自《作家文摘》第 2029 期）

帽子简史

◎ 武锐

    帽子，曾经是特权和地位的象征，如今成为人人都可以享用的时尚饰品。

    在我国古代，无帽而有巾，人们用丝、麻制的巾来包头或扎发髻，如今西南少数民族使用的"包头巾"便是历史遗留。奴隶社会时期，帽子一开始只是在官僚统治阶层普遍使用，不过那时人们戴帽子不是为了御寒，而是为了标志，象征着统治权力和尊贵地位。这时的帽子应该叫"冠"和"冕"，只有帝王和文武大臣可以戴。

    如果说帽子在我国古代是权力和地位的象征，那么在帽子一直很盛行的欧洲，它则是身份的标志。古罗马时，帽子是自由合法公民的标志，奴隶们只能头顶布巾保暖遮阳。到中世纪时，教廷颁布法令，要人们将头发遮盖起来，于是开始出现许多简单拙朴的帽形。到17世纪时，帽子有了更明显的身份象征：公民戴暗色帽子，黄色帽子代表破产的人，囚犯戴纸帽子，国王戴金皇冠，等等。

    从帽子的历史演变来看，中国最初的冠冕不能算作是真正意义上的帽子，帽子是从胡人那儿传入中原的，而现代帽子则是从西方直接传入的。

    和中国不同，欧洲女性很早就戴上了帽子，在中世纪的时候就已经很流行了，因为教会严格要求当时的妇女遮挡头发，帽子成为她们的必备品和礼仪的象征。18 世纪甚至出现了"女帽制造商"。这个词源自意大利米兰，因为在这个时期米兰的手工女帽最出名，品质最优。

到了当今社会，帽子已演变得各式各样，其涵义也变得五花八门。在英国，帽子堪称"头"等大事，在什么场合下该戴什么样的帽子，什么样的身份该怎么戴都十分讲究。英国许多社交习俗都与帽子有关，假如一个男士去拜访朋友，进屋后一定要先摘下帽子。在街上遇见熟人的时候，女士只要对熟人点头微笑或打个招呼即可，但男士一般还要脱帽施礼。

在墨西哥，大草帽可以说是其"第二国徽"，作为民族服饰不可分割的部分，大草帽从特定的角度记载了墨西哥的历史，反映了这个国家的社会生活和风土人情，折射出墨西哥人的性格特征。

而产于厄瓜多尔的巴拿马草帽，在 2012 年被联合国教科文组织列入人类非物质文化遗产名录。

（选自《作家文摘》第 2034 期）

丝袜本是男人专属

1937年，尼龙丝织技术的发明为万千爱美女性缔造了丝袜。但在此之前，穿长筒袜可是欧洲贵族男人们的专利，也是阶级身份的象征。

男人的双腿先解放

西方最早的袜子要追溯到古埃及时期。当时的人们用皮革、麻或毛纺织物缝制成绑腿。它主要起到保护腿部的作用，是西方衣饰发展史上接近"袜子"的最早形态。

实际上，在14世纪之前，中世纪的欧洲人不分性别都统一穿着一体式长袍，这种长袍十分宽大且遮掩体型。14世纪中叶，男装率先将上下装分离，且在设计上开始强调对男性阳刚之气的凸显，这使得男装与女装在穿着形式上分道扬镳。

哥特时代后期，欧洲最流行的男装打扮是短上衣、连裤袜再加上尖头鞋。虽然早期的连裤袜外观设计都较为朴素，但也是当时最潮的哥特style了！如今的芭蕾舞剧中男演员的装束表现的就是这时期的衣饰风尚。

巴洛克式奢华

16世纪，西班牙人进一步将连裤袜分离为上下两部分，上半部分进化成了紧身裤，而下半部分则发展为后来风靡欧洲各国皇室的长筒袜。1589 年，来自英国的威廉·李发明了针织机，极大地便利了长筒袜的生产。

恰值文艺复兴鼎盛时期，欧洲人的思想得到了极大的解放，从"神为中心"到"人为中心"，开始注重个人生活享受。而这一股"奢华风"自然也刮到了服饰界，长筒袜的外观设计越来越花哨。当时的长筒袜以红色、橙色、紫色为上品，后来也曾流行过杂色，各种鲜艳亮丽的色调混合在一起，感觉就像不小心打翻了调色盘。

17 世纪，服饰界的华美之风有增无减，此时欧洲贵族男子已演化为华丽妩媚的代名词——蓬松的灯笼短裤、装饰着蕾丝与蝴蝶结的长筒丝袜、尖头高跟鞋……

巴洛克时期的"潮流教主"要数路易十四了，在路易十四的每幅画像中，几乎都能看到一套全新的下装装束，花色极尽艳丽，尽显皇室奢华。据说长筒袜搭配高跟鞋的时尚也是从路易十四开始的。

一双袜子的革命

一战后，女性解放成为欧洲社会热点。而正是此时，长筒袜从古典贵族男性身上褪下之后，又以一种全新的面貌成为了女性穿着时尚。从贵族男性走向平民女性，长筒袜的变迁还被赋予了阶级平等、性别平等的蕴意。

20 世纪初，由于真丝制作成本高，丝袜成为富人们的专属"宠儿"，拥有一双丝袜仍然是大多平民女性遥不可及的梦想。随后，尼龙丝袜的出现改变了这一状况，并迅速点燃了意图摆脱长裙束缚、展现自我体型的女性们的热情。

二战之后，尼龙丝袜真正风靡了全世界。勾勒腿部线条、展露女性身体美感的玻璃丝袜成为了女性美的一种标志，表达了万千女性解放自我的需求。

（选自《作家文摘》第 2011 期）

虎头帽源于希腊

◎ 母冰

　　以老虎为形象的虎头帽，是我国民间儿童服饰中比较典型的一种童帽样式，寓意孩子们能像小老虎一样健康茁壮成长。但谁会想过中国虎头帽可能起源于古希腊的"狮头战盔"，以佛教文化的形式辗转流传，在隋唐时期成为中国特色的文化事物。

　　有学术研究认为，"狮头帽"最早是由希腊神话中的大力士赫拉克勒斯制作的。古希腊大力士赫拉克勒斯被宙斯妻子赫拉嫉恨，逼迫他完成12件不可能完成的艰巨使命。其中第一件就是剥取一只怪狮的皮，赫拉克勒斯轻松完成，并为示威，将狮子头皮蒙在头上做战盔，这种形象就成为希腊罗马最强勇士的标志性装扮。

　　因为亚历山大大帝特别崇拜赫拉克勒斯，专门模仿了赫拉克勒斯头戴狮头帽的样子，而亚历山大征服的主要地区是亚洲的波斯帝国，其地域涵盖土耳其、中东直到与中国交界的帕米尔高原西邻地域，也就是后来佛教传到东亚的主要发源地。

　　随着佛教在东汉传入我国，特别是公元4世纪后，这些头戴狮子战盔、源自古希腊的护法神，以金刚和天王等形式成了中国佛教造像艺术中的常客。

　　隋唐时期的中国武士也被狮子战盔这种威风凛凛的形象所折服，开始热衷佩戴起来，并且花样更多，不仅有狮子头，还有虎头、龙头、雀头等。唐太宗的爱将尉迟敬德墓出土了彩绘虎头帽武士俑、虎头帽将军俑，由此或可推测唐代时虎头帽已经和世俗文化完全结合，武士虎头帽至此已经发展到极盛。

宋代之后战盔继续演化，名叫"狻猊盔"。清代组建的虎衣藤牌兵在雅克萨攻打俄国人立下战功，后来在平定张格尔之乱时，一身虎衣的藤牌兵成了骑兵的克星，吓战马、砍马腿，表现出色。

清末民初时，百姓寄希望于威猛的虎来护佑孩子远离邪魔，虎头帽一度盛行起来，成为吉祥服饰。

（选自《作家文摘》第 2348 期）

穿不腻的罗马鞋

罗马鞋，顾名思义就是在罗马时期就有的鞋。它还有一个十分学术的名字叫作角斗士凉鞋。在中世纪，罗马人为了适应残酷的生活，特地设计了罗马鞋来保护自己的脚和双腿。那个时候的罗马鞋绕带十分粗，基本上没有细绕带款式，颜色和款式也十分单一。

到了 18 世纪末，人们慢慢开始意识到：罗马鞋也可以作为时尚单品，这是罗马鞋第一次以时尚的身份登上舞台。之后是 2002 年，罗马鞋强势回归时尚圈，基本上每隔两年就会流行一季。

各种款式的绑带罗马鞋可是时尚人士的心头好，无论是百搭的黑色还是复古的棕色，长绑带不仅能够修饰迷人脚踝，而且还能塑造修长腿型，为夏日清凉装扮增加丰富层次。

（选自《作家文摘》第 2350 期）

人人都爱古巴领

◎ 张严涵

周杰伦的数字单曲《Mojito》的音乐短片中，最不可忽视的，就是周董和他的朋友们身上穿的那件惹眼"古巴领"。

从 18 世纪穿越而来

古巴领最早诞生于 18 世纪的南美地区，由服装"瓜亚贝拉"（Guayabera）演变而来，在墨西哥及古巴一带相当流行，并在上世纪 50 年代盛行全球。值得一提的是，瓜亚贝拉前几年还被古巴官方确认为官方礼服。

关于古巴领的来历，最主流的说法是因为南美地区天气炎热，传统领形的衬衫穿起来未免不舒服，才演变成了这种去掉了领口部分第一颗纽扣和领座，领形一片成型的设计。今天的我们看到古巴领，总不免感觉有些老干部画风，因为它的确是穿越而来又再度时髦起来的单品，只不过，它早已不是中老年人士的专属，而一跃成为了潮人们的最爱。

事实上，古巴领并不是近一两年才翻红的，有些小众品牌甚至一直在主打古巴领设计，只不过这款设计沉寂了很多年。说起来，影视作品对时尚潮流的加持作用不可不提。2016 年底，席卷全球的影片《爱乐之城》中，男主演高司令除了正装之外，几乎都是穿着古巴领衬衫亮相，其文艺复古的形象深入人心。

之后，古巴领的身影开始频频在奢侈品牌中出现，直到
2019年夏天，人们突然发现，怎么"人人都爱古巴领"，几乎
所有走在潮流前线的明星和达人们都开始穿起了文艺又复古的
古巴领衬衫。最终，当Zara、优衣库等快时尚品牌也开始主推
类似设计，古巴领才算得上真正"出圈"了。

"不挑人"的百搭小能手

古巴领衬衫有一个特别大的优点不可不说，就是几乎不挑
人，对头大脖子粗的人格外友好。正是因为古巴领衬衫采取了
第一颗纽扣"消失"的设计，由此在脖子与胸口之间形成了一
个V领的样貌，不光拉长了视觉比例，还能显得脸小。与普通
衬衫相比，它既可正式又可休闲，可盐可甜，能够适应更多的
穿着需要，是超级百搭的小能手，西裤、牛仔裤、休闲裤以及
短裤都可以轻松搭配。

周董新歌的音乐短片中，严格意义上的古巴领衬衫出场
并不多，反倒是花花绿绿的夏威夷衬衫更加惹眼。确实，古巴
领衬衫、夏威夷衬衫和保龄球衫……真让人有些分不清楚，其
实，这些款式都属于开领衬衫的范畴，从严格意义上来说还是
有差异的，古巴领纯色居多，夏威夷衬衫热带印花居多，保龄
球衫则有一到两条直线线条撞色。

翻新的古巴领衬衫结合了当下比较流行的宽松中袖款式，
营造出一种更加休闲随性的范儿。大概是古巴领很容易跟"高
级感"扯上关系，设计师还喜欢在秋冬系列的长袖衬衫和一些

外套款式中延续古巴领的设计，或者说是开领设计，可见古巴领的流行程度。

　　一般来说，古巴领衬衫的版型相对宽松，面料也以棉麻居多，下摆平齐长度较短，大大提升了叠穿的适配性。在古巴领里面，用上一件纯色的短袖 T 恤作为打底，才是街头时髦感的正确打开方式。而如果天气渐冷，内搭还可以换成纯色的长袖款式，一衣多穿，超级实用。

（选自《作家文摘》第 2353 期）

百搭帆布鞋

帆布鞋以其轻便、耐穿、价格低廉深深打动着消费者。

帆布鞋诞生于第一次世界大战期间的 1917 年。战争造成经济萧条，皮革做了马靴、马鞍和板带，毛料、毛呢做了军装，市面上只剩下便宜的帆布和橡胶，于是将它们重组成了经久耐磨又便宜的帆布鞋。

据说如何让帆布与橡胶完美黏合，当初发明人试过各种方法都百思不得其解，一气之下把帆布和橡胶丢到火炉里不做了，没想到加热竟让橡胶"硫化"和帆布黏合，这"美丽的巧合"造就帆布鞋走红近百年的奇迹。第一双帆布鞋的名字叫作 Converse All Star（匡威全明星牌），耐磨耐穿，甚至丢到洗衣机洗都没事，推出后广受欢迎，至 2008 年全球销售超过 6 亿双，创下全世界单一鞋种销售纪录。

解放鞋是中国最早的帆布鞋，生产于 1948 年左右。在抗美援朝战争中，解放鞋很轻便，穿起来可以健步如飞地运动，适合志愿军的军事作战特点，在部队作战、训练、生产劳动和日常生活中发挥了重要的作用。

20 世纪 60 年代，帆布鞋的廉价和皮实使得它和牛仔裤一样，成了青少年叛逆和嬉皮精神的象征。经典影片《毕业生》中，让人记得的除了西蒙和加丰克尔乐队的《寂静之声》，就是达斯汀·霍夫曼脚上那双浅棕的帆布运动鞋。甲壳虫乐队出演的电影《黄色潜水艇》，更是让设计师从中得到灵感，开始在帆布鞋上涂鸦。鞋面成了画布，有了设计元素，帆布鞋也立刻咸鱼翻身，由运动装备变成艺术品。

直到 20 世纪七八十年代，各种运动赛事蓬勃发展，帆布鞋热才有所降温。正因为如此，20 世纪 60—80 年代创立的运动品牌，经典鞋款里也少不了叱咤风云的帆布鞋，包含美国品牌波尼、万斯等，每家不同的 Logo 符号活跃于帆布鞋极富变化的表情上。

21 世纪初的复古热，也让这些品牌复兴或者身价持续看涨。在既有元素里添加时尚设计感，就是最个性化的流行品位，帆布鞋也不再只是"帆布"鞋，马毛、皮质、麂皮、牛仔丹宁布、灯芯绒等都应用于其中。

（选自《作家文摘》第 2364 期）

华冠丽服，男人也疯狂

◎ 许智博

相比对裤子的依赖，男人穿裙子的时间实在长出太多。在荷马史诗《伊利亚特》中有这样的片段："他们穿越阿开奥斯的军阵，来到了金发的墨涅拉奥斯受伤的地方……他利落地从腰带扣处拔下箭头，锋利的倒钩向后断开，又伸手解开腰带、裙围和精制的布带。"神话中为夺回海伦而浴血沙场的斯巴达国王墨涅拉奥斯，穿的正是裙子。

从埃及法老、贵族的短腰布裙，到希腊美男子们钟爱的宽松、自然、舒适的"套头连衣裙"，裙子作为远古时代西方男性服装的主旋律唱了上千年，看到东边的波斯人穿着长裤，他们会直接轻蔑地说："麻袋。"

裤子与裙子的拉锯战并非始于性别的区分，而是游牧文化与城邦文化的融合。随着游牧民族对欧洲腹地的一次次进攻，地中海沿岸居民们的着装慢慢变短，变成上下分体的样式。

哥特时代的 200 多年里，欧洲人的服装从对人体遮掩的简形，跨到了针对人体外形的立体剪裁。在文艺复兴时代，孕育出了蕾丝边、丝袜和拉夫领。但这并不是针对女性的时尚：美男子们用一层层的亚麻、细棉布折叠缠绕出巨大又花哨的领子围在脖子的四周，开始在自己衣服的各个部位用蕾丝、丝绸等点缀。以至于有人开玩笑说，一个男子有多华丽，就要看他身上有几公斤的蕾丝了。

如今的时尚圈时不时会缅怀300多年前的太阳王路易十四。这位极爱显摆的君王，将对戏剧技巧和华丽舞台风格的热爱倾注在了他的衣柜里。他提出强调色彩、宽松舒适、重视装饰的时尚理念。凡尔赛宫廷的三四千名贵族为了讨好国王，不惜重金置办饰带、服装配件和各种假发。

在1701年法国宫廷画师为路易十四绘制的肖像画中，国王头戴蓬松的长假发，穿着带有华丽蕾丝衣领的服装，肩上披着加冕刺绣礼袍，手里拄着象征皇权的权杖，左侧佩带了缀满宝石的宝剑，腿上是半透明的及膝长筒袜，脚蹬红色高跟鞋，穿着与打扮完全看不出这已是一位63岁的老人。

这种审美观在路易十四身后风驰电掣地席卷了整个欧洲的时尚圈，被历史学家归纳为洛可可风格的一部分。当时的欧洲无论男女，都弥漫着一股胭脂水粉的酒家女气息，红色的高跟鞋成为了皇亲国戚权力的代名词，直到今天，梵蒂冈教皇那身洁白无瑕的长袍之下，有时仍然会露出红色小皮鞋的尖头。

与埃及法老和欧洲君王一样，中国古代的服装只标榜贫贱和社会等级，并不注重区隔男女。

商代服装，上身着衣，下体穿裳，长度大多及至膝盖，方便于当时的生产活动。贵族的礼服，上衣多采用青、赤、黄等纯正之色，下裳多用缃、赭、绿等经过数次浸染的颜色，并且衣领衣袖处还要镶边。平民百姓的衣服则没有这么多色彩，但贵族与平民、男人与女人的衣服在款式上没有差别。

春秋战国时代，《荀子·非相篇》记载："今世俗之乱民，乡曲之儇子，莫不美丽姚冶，奇衣妇饰，血气态度，拟于女子。"

到了汉朝，汉武帝除了保留前朝裙子（当时叫"裳"）的美丽特征，还让人民群众集思广益，创造出了更为博大精深的汉服文化。在这位爱美君王的带领下，陆续出现了深衣、襦裙、袍衫等形式复杂而又美丽的"时装"。

这种去性别化着装的风气，在魏晋时代达到了一个顶峰。在历史学家的研究里，魏晋风度的第一重境界就是"严妆"，上流社会的贵族男子日常不仅面敷粉黛，还要腰佩香囊，行步顾影自怜。其中翘楚要数大名士何晏，魏晋玄学的创始者之一。他"美姿仪，面至白"，平日里"动静粉白不去手"，而且还"好服妇人之服"。

到了万历年间，一位闲居乡间名叫李乐的官员进了一趟城，发现满街走动的生员秀才们，全是红丝束发，嘴唇涂抹红色脂膏，脸上抹着白粉，还用胭脂点缀；身穿红紫一类衣服，艳丽若妇人。李官员感慨万千写诗道：

昨日到城郭，归来泪满襟。遍身女衣者，尽是读书人。

如此看来，人类对于美的追求，早已不是性别可以阻挡的。

（选自《作家文摘》第 2031 期）

第三辑

不朽风格

紫色何以成为女权色

◎ 赵凤英

2019 年，法国爆发历史最大规模的"女性反家暴"大游行，15 万人走上街头呼吁政府拿出切实措施。身穿紫色衣服、手举紫色标语、挥舞紫色旗帜的抗议者并肩前进，为争取女权而汇成了一片紫色海洋。

紫色和女权究竟有何渊源？

法国历史学家帕斯特鲁在《颜色之书》中写到，从中世纪起，在西方红色象征着鲜血、激情和色欲。而紫色则拥有双重性格，一方面作为象征衰老和葬礼的紫色是基督教堂神职人员衣服的颜色，代表着忏悔和惩罚，另一方面紫色则蕴含着轻柔、温和之意。因此，比男子"低人一等"的广大女性选择紫色作为衣裙的颜色，非常符合人们赋予这个颜色的"脆弱、柔和"的特性。

19 世纪末，欧美爆发资产阶级妇女"争取参政权"运动，这是妇女解放运动的第一浪潮。1903 年，英国女权运动代表人物艾米琳·潘克斯特组建妇女社会政治联盟。她认为，要让女性在公共选举中获得选举权，必须采取激进和好战的策略。《每日邮报》记者查尔斯·汉斯特别发明了"妇女参政论者"一词，以讽刺妇女参政运动中的积极分子。由于红、黑、蓝和白已被男性主导的政治运动选作代表色，自 1908 年起，英美妇女参政论者在上街抗议时分别系上了紫、绿、白和紫、白、金三色飘带作为抗议的标志。

草根颜色

首先是因为当年女性的衣橱里几乎都有一条紫裙子，这是最能代表女性群体的"草根颜色"。亮出紫色出门，就是要向当权的男性释放一个信号：传统社会向女性强加了紫色，如今佩戴紫色飘带的"坏女人"要争取自身权利了。此外，带有紫色镶边或饰带的女子套装，插有紫色羽毛的女式礼帽以及紫色的手套、皮鞋等也迅速登上了商店橱窗和货柜，时装业非常聪明地将妇女参政论者倡导的紫色融进了女性时尚。

1912 年是英国妇女参政论者的转折点，她们转而采用更加激进的战术，如绝食、对邮筒纵火、砸碎窗户、把自己绑在栏杆上，还不时发动炸弹袭击。1914 年，全英至少有七座教堂遭女权运动炸弹袭击或纵火，恐怖的气氛让英国人几乎"谈紫色变"。

同一时期，位于拉芒什海峡对岸的法国，通过了赋予为一战中丧夫或丧子的女性"战死投票权"的法律（让她们代表丈夫或者儿子投票）。由于法国妇女要先后穿戴黑色及紫色衣服服丧，紫色也顺利成为法国女子争取参政的代表颜色。

体现"性别平等"的颜色

上世六七十年代，强调忽略自然性别差异并争取男女同工同酬的第二次妇女解放运动浪潮登场了。由于通过混合红色（代表女性的社会性别颜色）和蓝色（代表男性的社会性别颜色）可以生成紫色，紫色成为最能体现"性别平等"的颜色。法国"女权主义要勇敢"协会主席发言人阿拉巴尔称，把社会强加于自然两性的颜色性别混合起来，是一个象征。紫色无疑是代言女权运动颜色的最佳选择，因为它没有"红色代表共产主义，黑色代表无政府主义"等政治标记。为抗议社会对女性的刻板性别印象，紫衣女性冲进1970年伦敦举办的世界小姐评选现场，高喊"我们不美丽也不丑陋，我们很愤怒"。

这一波紫色女权运动的政治成果有美国的1963年同工同酬法案、1974年平等就业法，英国的1967年避孕法（1974年起英国妇女享受免费避孕药）、1975年的反性别歧视法，法国在1974年允许妇女参加公务员考试、在1975年通过堕胎法等。

1982年美国黑人女作家艾丽斯·沃克创发表长篇小说《紫色》震动了世界，她通过黑人女性的视角揭示了女性要想获得最终解放，必须团结一致对抗这个以男性为主导和中心的男权专制世界。还被著名导演斯皮尔伯格拍成了电影。

始于上世纪80年代末的第三波女权主义运动对第二波运动中的"失败、过时"之处进行了反思。在各地组织的以"女性性解放、反对家庭暴力"等为新诉求的抗议中，紫色一直作为忠实伴侣，陪伴女性左右。

（选自《作家文摘》第 2300 期）

流苏飞舞

◎ 梁彧

流苏的历史可追溯到公元前约 13 世纪的古以色列时期，以色列人在服饰底部的四角缝上流苏，并称之为"Tzitzit"，以表信仰。

在中国，流苏这个词最开始称为"步摇"，至少三国时期，就已有古鲜卑部族流苏氏，后更为慕容。流苏是一种下垂的以五彩羽毛或丝线等制成的穗子，常用于舞台服装的裙边下摆等处。唐代妇女流行的头饰步摇，是其中一种。还有冕旒，帝王头上的流苏，以珍珠串成，按等级划分，数量有所不同。

16 世纪，流苏开始成为贵族彰显身份和地位的象征。19 世纪后半叶，随工业革命爆发和社会巨变，流苏从欧洲宫廷走向市井，逐渐成为商人炫耀身份的工具，从马车到窗帘，他们恨不得在每个细节都缝上流苏。再到英国维多利亚时代，流苏已成所有人都能应用于造型的元素。

经济全球化的发展，让欧洲贵族的生活方式与衣着潮流也漂洋过海到了美国，流苏伴着亮片与鸵鸟毛，将当时追求鲜艳夺目的潮流展现得淋漓尽致。奢靡浮夸的生活随着之后的经济大萧条和战争而消逝，到上世纪六七十年代时，华丽的流苏重新出现在嬉皮士身上，不羁的西部牛仔成为青年们所向往的形象之一，身上那些装饰着流苏的皮夹克和喇叭裤，也就被嬉皮士们一度奉为潮流。

有趣的是，牛仔的流苏最初并不是什么时尚元素，而是因需要实用、耐磨又不浪费的衣服，作为最直观的牛仔形象符号，流苏逐渐被赋予了自由、不羁、勇敢的浪漫色彩。

流苏的历史，造就了它打破沉闷古老框架、体现多种文化与视觉语言的趣味属性，被一代又一代的设计师应用，今年流行的流苏设计，更注重重新唤醒感性柔和的女性气质，将流苏应用在不同色彩与面料上，让原本厚重或硬朗的单品增添些许灵动和轻盈感。

（选自《作家文摘》第 2300 期）

庄子眼中的颜色

◎ 仲艳青

用色彩诠释哲学理念

先秦诸子对色彩的解读，体现出他们的哲思和对宇宙人生的把握。孔子曰"非礼勿视"，主张以礼来规范色彩的使用，推崇的是"青、赤、黄、白、黑"五种正色；墨子用"墨"作为姓氏和命名墨家学派，用黑色彰显哲学理念；老子言"知其白，守其黑，为天下式"，以黑、白两色表现自己的处事原则和阴阳观念。

作为道家代表人物的庄子，更是集中地在作品中用色彩来诠释自己的哲学理念。庄子没有将五彩缤纷的颜色进行地位尊卑的划分，而是以空明若镜的心灵来观照万物，形象地描绘出生命世界的真实性与多样性。

《庄子》一书中颜色词数量众多、种类丰富，主要颜色词为"苍、青、白、黄、赤、玄、素、黑、骊、紫、朱、缁、绀、丹、辱"15 种。对《庄子》中的颜色词进行统计，其中26 篇中提及色彩，内篇中出现 8 次，外篇中出现 30 次，杂篇中出现 23 次，共计 61 次。

"五色"即青、赤、黄、白、黑，在先秦文献中常以广义形式出现，包含的色彩种类繁多，而对具体颜色进行规定时，则以"正色"的概念对五色进行限定。梳理《庄子》一书中的颜色词并进行"五色"的归类，其中白、素属于白色系，黄属于黄色系，赤、朱、绀、丹、紫属于赤色系，青、苍属于青色系，黑、缁、骊、辱、玄属于黑色系；五类颜色词在《庄子》中出现的次数，分别为青 11 次、赤 5 次、黄 10 次，白 22 次、黑 13 次。

顺物自然偏爱白色

白色是庄子偏爱的颜色。从思想体系看，庄子承袭老子对五色的观点，在《天下》篇云"五色乱目，使目不明"，认为五色会扰乱人的视觉，使眼睛看不清楚，失去自然本性。庄子规避繁缛交织的色彩，旨趣趋向自然、本真的"白色"。

"殷人尚白"的社会风尚，是庄子偏爱白色的民俗原因。殷人以白色为贵，在殷墟甲骨卜辞中，关于白色动植物的记载，远超过其他颜色。颜色词"白"色，多表示用牲颜色，如《合集》37398 载"……于㤅麓，获白兕"。殷人祭祀多用白色动物。白色是圣洁的天授之色，代表着尊贵，纯正的白色体现出祭祀者的虔诚。据《史记·老子韩非列传》载："庄子者，蒙人也，名周。"庄子出生在殷商旧族所在地的宋国蒙城，身受殷商文化的熏陶，行文中不自觉地体现出"殷人尚白"的社会习尚。

崇尚自然的精神追求，是庄子偏爱白色的价值选择。在色彩谱系中，白色是大自然中最简单的素色，融于天地万物之中，与庄子"顺物自然"（《应帝王》）的观念不谋而合。

反对色彩礼制化

推崇自然是庄子哲学的核心，白色最能代言庄子的自然之道，但是庄子并不是仅以白色为贵。在庄子看来，生命本身所呈现出来的颜色，是大自然的话语方式，都有着各自的美丽与存在的价值。

庄子反对将色彩礼制化、工具化。在礼制社会，人们赋予色彩以等级，用来划分地位上的尊卑贵贱，颜色词有着鲜明的用色要求与层级界定。儒家将"青、赤、黄、白、黑"五种颜色视为"正色"，其他颜色视为"邪色"，如《论语·阳货》中"子曰：'恶紫之夺朱也，恶郑声之乱雅乐也'"，孔子认为间色"紫"夺取了正色"赤"的正统地位，简直是乱了礼的秩序。《孟子·尽心下》亦云："恶紫，恐其乱朱也。"

庄子则批评将色彩等级化的行为，《天地》篇云"垂衣裳，设采色，动容貌，以媚一世。而不自谓道谀"，表面上衣冠严整，穿着不同色彩的衣裳，改动容貌，来讨好天下的人，是谄媚、愚蠢的人。庄子是朴素的浪漫主义者，他反对用礼法制度束缚行为，仁义道德攒结人心。在庄子看来，真正的圣人"无为名尸，无为谋府"（《应帝王》），他们不汲汲追求名、势、利，即使套上最朴素的衣衫，也掩盖不了从心灵深处所散发的光辉。

（选自《作家文摘》第 2325 期）

5000 年来中国衣裳的"高级色"

◎ 李任飞

五行统合五色

中国古人最初是红色至尊。从直观感觉上看，红色是血及火的颜色，也被认为是太阳的颜色，具有热烈、明快、活力四射的特点。著名学者李泽厚认为，在原始社会，红色可能具有巫术礼仪的符号意义。由此可以猜想，红色至尊是与敬拜神仙相连的。

之后，中国进入了黑白对立的阶段。从黄帝开始，上衣玄下裳黄，于是黑色成为那个时代的至尊色。这种情况一直延续到夏朝结束——夏尚黑。商部落则崇尚白色。商朝推翻夏朝，也需要在文化意识上寻求对立和颠覆，所以选择与黑色相对立的白色。

周文王站在商朝末期的时间节点上，回望黄帝尧舜禹到夏商两朝的风云变幻，参照黑白阴阳的此消彼长，把二元哲学推演到极致，于是有了群经之首的《周易》，五行统合的色彩体系也在此时定型：金——白，木——青，水——黑，火——红，土——黄。

五色中的青色，是中国人色彩当中最麻烦的色彩。色彩专业人士认为，青色是介于蓝绿之间的颜色。而且按照五行中青与木对应，所以含有一定的绿色也是很容易理解的。

商朝的白色在五行学说当中与"金"对应；当周朝推翻了商朝，从"火克金"的原理出发，周朝应该得了"火德"，而周朝确实尚红。接下来，秦取代周，运用"水克火"的原理，秦应该得"水德"，所以秦尚黑。

那个时代，黑白赤黄青为正色，地位高；其他颜色为间色，地位低。"间色"可以由正色复合而成。《礼记》中有"衣正色、裳间色"的说法。

孔子说齐桓公"恶紫夺朱"

《韩非子》中讲到，齐桓公喜欢紫服，在他的带动下全国百姓纷纷效仿，于是紫色成为齐国的时尚。

齐桓公的性格有明显的双重特征：一方面好酒好猎好色，是典型的性情中人；另一方面又"惕而有大虑"，这种感性与理性兼备的人喜欢紫色，与现代色彩心理学理论有相通之处——紫色由红色和蓝色混合而来，兼有热烈和冷静两种感觉。

不过，当时的紫色衣料非常昂贵，而老百姓都赶这个时髦，生活成本大大提高。所以，齐桓公很忧虑，向宰相管仲请教这个问题。管仲说：如果想制止这个风气，首先得您以身作则脱下紫服；然后您再跟穿紫服的人说"站远点"。齐桓公依言行事，几天下来，齐国百姓都脱去了紫服。

紫色时尚也影响到了整个华夏地区，为达官贵人所独享；也出现了很多与紫有关的词语：紫气东来、大红大紫、万紫千红、紫绶金印、魏紫姚黄……孔子看了却不太舒服。在《论语》中，孔子说过一句话，"恶紫之夺朱也"（《论语·阳货篇》），非常反感紫色把红色的地位给抢了。孔子推崇《周礼》，当看见原本地位低微的紫色，由于齐桓公个人原因，抢了周朝尊贵的红色地位，发自内心的愤怒也是可以理解的。

黄色逐渐为皇家垄断

黄帝时代的上衣玄下裳黄，说明黄色的地位比黑色低。黄色地位的提升是从隋文帝手上开始的。明清之交的思想家王夫之在《读通鉴论》中讲到，"开皇元年，隋主服黄，定黄为上服之尊，建为永制。"

杨坚算是历史上比较节俭的皇帝之一。在隋文帝之前，各阶层皆可服黄，价格必定低廉。所以隋文帝喜穿黄色也许是一种经济考量，只买对的，不买贵的。此外，黄色面料温暖，皇帝希望自己的形象是温暖的。王夫之说黄色"明而不炫，韫而不幽"，也许这正是隋文帝的心理诉求。

黄色成为皇族的专用色，这个转变是由另一位推手完成的。唐高宗年间，发生了一件奇葩事：洛阳县尉柳延穿黄衣夜行，遭到自己部下的殴打。唐高宗认定是色彩混穿造成的，于是下令禁止百姓和各级官吏再穿黄色，黄色就这样被皇族垄断了。

中国古代最为细致的官服等级制度，也是在唐朝出现的。比如，唐朝规定：三品以上官员服紫，四品深绯、五品浅绯、六品深绿、七品浅绿、八品深青、九品浅青。"红得发紫"，依据的就是官服色彩的晋级过程。宋代的品色制度做了一定简化：一至四品服紫，五六品服绯，七八九品服绿。而平民百姓不论男女，原则上只有两种颜色，皂和白，而且穿皂色需要经过审批。

（选自《作家文摘》第 2307 期）

古人的尖端时尚

◎ 万里贤才

透视装的鼻祖竟是中国

只有现代人穿透视装？远在古时候，人们就穿上了，而且其中不缺乏男士。

《北齐校书图》表现的是北齐天保七年（556）文宣帝高洋命人校勘五经诸史的故事。在画面中有4位士大夫坐在榻上，一位在展卷沉思，一位在执笔书写，另一位想要离席，被旁边的另一个士大夫挽留。从士大夫的服饰可看出当时是盛夏，他们都披纱而坐，衣服极像现代人的"透视装"。如今从众多古装剧中也经常可以看到"透视装"的影子。

到了唐朝，受波斯印度国文化的影响，古人穿衣开始变得开放，这种薄而透的纱衣大行其道，流行于贵族之间。从《簪花仕女图》可见一斑。

唐朝的"大牌"挎包

在我们看的古装剧里，古人们出门都不带包，钱往袖子里一塞，两袖清风。

其实早在唐朝，女性已经用上了挎包。敦煌壁画中第17窟的唐侍女画中，侍女正在晾衣服，挎包挂在树上，单肩包，款式简约，通体单色，只在搭扣处绣了一行花朵，足以媲美大牌了。

雷人造型原是复古风

在周星驰主演的电影《鹿鼎记》中，林青霞的发型一度被网友嘲笑为"我爱一条柴"，其实这些发型在古代可都是风靡一时。

这些高高的发髻，靠姑娘们的真发是很难打造的，需要假发填充。在古代，假发髻叫"义髻"，这些义髻多来自贫女，或剪取于刑者。由于头发难得，还经常引发悲剧。《左传》记载，卫庄公有次在戎州登城，见到当地一位已氏妻子的长发秀美，便想方设法派人去偷剪，送给自己的妻子吕姜做成假发，从此便与对方结下仇恨。结果卫庄公被已氏杀害，以报"剪发"之仇。

挡不住的"发网"诱惑

中国在唐朝就有了"发网"——透额罗。用轻软透明的纱罗覆盖前额，后面枕高发髻用头发将罗巾遮去。由于纱罗轻薄透明，连额头肌肤也遮不住，故名"透额罗"。

据说"透额罗"是唐明皇李隆基的发明，为了标新立异，突破旧习，他让宫女在帽子上盖一块薄纱遮住额头，很快风靡长安，名噪一时。尤其贵族女子骑马出行时均以透额罗为饰，加上骑马戎装，显得十分飒爽。

（选自《作家文摘》第 2319 期）

假发曾是古人日常生活必备单品

◎ 沈林

贵族女性专用品

早在春秋战国时代，古人就用上了假发。这个时候，假发被称为"髢"，是王后、夫人等贵族女性的专用品，是身份和地位的象征，普通人是用不得的。在参加祭祀等重大活动时，这些贵妇人都要佩戴假发。王后的假髻更有专门的宫廷官员"追师"负责掌理。

《诗经》里说"鬒发如云，不屑髢也"，如果自己头发多，才不屑于用"髢"。不过，发量的多少对于贵族和平民都是公平的。所以春秋之后，在战国和两汉时期的古墓中，都出土了多件假发实物，其中最为熟悉的应该就是辛追夫人。

"身体发肤受之父母"，古人对于头发其实是相当重视的，那么假发的毛发从何而来？除了死刑犯的头发之外，还有一些家中赤贫，不得不卖发换取生计的人，也是假发原料的来源。因为真头发做的假发确实比较珍贵（少），后来出现了以黑色丝线制成的假发，辛追夫人陪葬品中，也有实物出土。

唐朝假发需求量井喷

到了唐朝，女性的发型风格从朴素逐渐转为了华丽，假发成了日常生活必备单品。据朝鲜史书《三国史记·新罗本纪》中记载，单单开元十八年和开元三十三年这两次，新罗就向唐朝进贡了180多两的头发，可见唐朝假发需求量之大。

唐朝假发需求量井喷原因很简单，唐朝人太喜欢折腾自己的头发了，创造很多发型——

堕马髻：据说是东汉权臣梁冀的妻子孙寿发明的。模仿的是女子从马上摔落时头发的姿态，古人认为其能够增加女子的妩媚感。

倭坠髻：这是唐朝出现的新式发型，倭坠髻的制作方法通常是将头发从两鬓梳向头部后面，然后向上掠起，在头顶上挽成一个或两个向额前方低下来的发髻。由于这种发型模样类似低垂的蔷薇花，一时风靡长安。事实上，现如今日本女性在重大节日中穿和服时，所搭配的发型也是源自于唐朝的倭坠髻。

双鬟望仙髻：髻都是实心的发盘，而鬟是一种中空的束发造型，在唐朝，女子流行将长发束起再挽成环状，环形的发束可变化多种造型，环数也可按自己的喜好而定，双鬟望仙髻这个发型则是当时年轻女性中最为流行的一种。

假发片遮挡秃顶

到了明朝宁王妃墓出土时，考古学家发现其头顶部戴有一顶假发，假发是用针缝在一块褐色的布上，然后再盖上去的，用来遮挡秃顶，也就是假发片。

　　古代没有啫喱、摩丝可以定型，古人想到了刨木花，把木工用刨子在木头上刨出来的薄片加水浸泡，一定时间后产生大量透明的黏液，这种富有较强黏性的水就叫刨花水。刨花水常用的树种是榆树、香槁树、香樟树等，据说除了定型之外，还有养护头发之功用。

　　除了用假发作造型之外，古人为自己的头顶想了不少办法。比如王莽的秃顶很严重，又很看重自己的颜值，于是他对"帻"（古人裹在额头上的布）进行了改良，把整个头都覆盖。后人还给他留了一句话："王莽秃，帻施屋。"明代盛行的各种抹额，就是遮盖发际线的好帮手。

　　　　　　　　　　　　（选自《作家文摘》第 2319 期）

魔性波点

◎ 谭伟婷

2020年复古风一直吹，备受宠爱的都是经典不过时的元素。有一种元素被设计师们以"秘密武器"的级别来打造：从古驰到巴黎世家，MSGM 到 MK，诸如拼贴、混搭等小心机都用在了它的身上，时而优雅，时而妩媚，时而摩登……这就是让经典魅力历久常新的魔性波点！

波点最早是源自于欧洲19世纪中期一种被称为"Polka舞"的舞者身上所穿着的服饰纹路，因此它的全称其实是"Polka Dot（波尔卡圆点）"。从迪士尼 IP 米妮的波点裙与波点蝴蝶发夹开始，波点成为了设计师们开启日常灵感的一款常青元素。到了上世纪50年代以后，波点被引入到了高级成衣的设计当中，成为了炙手可热的时尚主角。

波普艺术在上世纪60年代开始盛行后，波点也作为一种艺术要素被反复使用于艺术作品当中。以高级成衣上的设计为例，伊夫·圣罗兰作为先驱，大胆通过调整圆点形状大小、排列以及颜色变化，打破了往昔对波点风貌的刻板印象，开启不同风格不同设计师对波点的不一样的想象。

不同材质的波点单品散发的气质截然不同。棉麻材质由于印染织物的问题，光泽度不强，但有一种自带时光复古的滤镜感，很适合打造一种小清新文艺气质时穿着；丝绸的光泽感强且材质贴身程度高，可利用一些 V 领剪裁等增加整体垂坠感的设计，来强调优雅质感，适合工作场景当中穿着；纺纱类等质地有着良好的透气性，能流露出低调的小性感，很适合夏日作为约会或休闲装饰穿着。

（选自《作家文摘》第 2340 期）

《红楼梦》里的颜色

◎ 谭霜

　　《红楼梦》里颜色纷呈，黛玉穿的"月白色"，史湘云穿的"秋香色"，贾母的软烟罗是"雨过天晴"……有些颜色真的就是你以为的那样吗？那些极具诗意的颜色外壳下面，到底隐藏着什么颜色呢？

　　"月白"，真的是像月亮一样的白色吗？非也！《红楼梦》中八十九回：但见黛玉身上穿着月白绣花小毛皮袄，加上银鼠坎肩。《博物汇编·草木典》里记载了一种叫"月下白"的菊花："月下白，一名玉兔华，花青白色，如月下观之。"

　　在古人的眼中，月亮不是我们一般观念当中所想的干干净净的纯白色，而是一种幽微的白，带着一缕蓝色，是一种介于纯白与浅蓝之间，浅到接近于白的淡蓝色。"月白"属冷色调，在文学作品当中出现的频率极高，承载了中国古人诸多想象空间，是一种常见却易被误解的色彩。

　　《红楼梦》中穿月白色绣花小毛皮袄的黛玉从穿衣、生活物品，再到心境都可以用"素净"一词来形容，一如那轮白中带着一缕蓝的月亮。往常着装艳丽的王熙凤在国孝家孝期间，也是穿过月白缎袄的；而看破红尘的槛外人妙玉也是穿过月白素绸儿袄的，同样给人一种素净之感。另外，在鲁迅先生笔下，刚刚失去丈夫的祥林嫂，"头上扎着白头绳，乌裙，蓝夹袄，月白背心"，除了一种素净之外，还多了一层苍凉的意味在里面。

"雨过天晴"，天青色，又名雨过天晴（青），并不是青花瓷的颜色，而是青瓷的颜色。曾经宋朝帝王有云："雨过天青云破处，这般颜色做将来。""云破处"证明天空有云，"雨过天晴"也就是大雨过后天空放晴，白云与阳光相互交织出来的颜色，隶属蓝色系，和月白同宗。"雨过天晴"身上同样有着一种清静的恬淡之气。一千人就有一千个"雨过天晴"，那么它到底是一种什么颜色呢？目前，北宋的汝窑天青釉，被大家公认为是"雨过天晴"色的最佳复刻品。如此一来，贾母压箱底的雨过天晴软烟罗便有了认知归属。

"秋香色"又是一种什么颜色？《红楼梦》中贾宝玉穿着的"秋香色"箭袖，贾母有秋香色的软烟罗，史湘云穿秋香色衣服赏雪，等等。秋香色，秋天的香气，多诗意雅致的名字，让人浮想联翩，引人入胜。在秋天的原野上，大地一片金黄，到处洋溢着秋日果实的香气和泥土的湿气。此时，大地上的骄子们开始黄肥绿瘦。秋香色，又称浅橄榄色，是介于绿黄之间的色彩。乍看似绿色，细观又极像黄色，隶属于黄色系，是淡雅又不失活力的暖色调，让人满心欢喜，赏心悦目。

（选自《作家文摘》第 2378 期）

从美妆到时装："纯素"风潮

◎ 杨丹

第一次听闻"纯素美妆"的人难免会误认为它跟素颜有点关系。事实上，这个新名词是指美妆产品从制作到测试都符合"素食主义"与"零残忍"的标准。

所谓"素食主义"跟"纯天然"有些类似，以植物或矿物等自然原料为基础，但前者更加严格，甚至不能添加任何动物成分。从克利奥帕特拉时代的牛奶浴开始，动物成分就被列入美容护理的原料当中。最常见莫过于睫毛膏中的鱼鳞成分，乳液当中的绵羊油，润唇膏中的蜂蜜和蜂蜡。

打动消费者更多的是产品测试"零残忍"的理念——不做动物测试。早在半个多世纪以前，英国成立了"Beauty Without Cruelty"组织，加之随后的"反对动物测验"浪潮，都为"零残忍"做了铺垫。作为世界上第一个出台动物福利立法的国家，英国从 2013 年开始全面禁止动物活体实验，并在全球范围内引发八十来个国家和地区的积极响应。到 2020 年在美国加利福尼亚州，所有化妆品的动物实验也将被列入违法行为。

第一批纯素美妆品牌代表 Lime Crime 在社交媒体的粉丝超440 万，多为 18 岁到 34 岁的年轻一代。为了呼应现代年轻人"纯素"的生活方式，美妆集团也逐渐采取了行动，想要通过价值认同来获取消费者的忠诚度。2016 年 Kat Von 宣布将其所有产品重新配制为素食主义系列。随后 Milk Makeup 重新调试产品配方，宣布将 100% 不含蜂蜡等动物成分。多芬也在 2018 年获得了美国善待动物组织 PETA 认证。

如今"纯素"变成了形容词，可以冠在任何名词前面，不仅有纯素美妆，还可以有纯素家居、纯素时尚等等。在北欧可以看到这样的潮流，所有家居和装饰不含任何动物制品，而是选用棉、亚麻、原木等材料。随着年轻人对"纯素"、运动风与街头时尚的偏好，帆布、超细纤维甚至塑料这些非动物制品材料成为鞋履的新宠，皮革需求急速放缓。

近年来，先有 Armani 与美国人道协会（HSUS）和国际反皮草联盟签署协议，宣布集团旗下所有产品不再使用动物皮草。随后，Gucci 首席执行官也公开表示品牌不再使用动物皮毛。紧接着，Michael Kors、Jimmy Choo、Versace、Furla、DKNY 等品牌也都表示"附议"，这个名单越来越长，Tom Ford、Givenchy、Burberry……去年，连伦敦时装周都"官宣"弃用皮草了。同年，香奈儿宣布禁用名单，包括鳄鱼、蜥蜴、蛇和黄貂鱼。

德国品牌 nat-2 推出了一款 100% 纯植物中性款运动鞋，鞋帮采用了可回收的干草与干花材料制作，散发着天然的山地气味。其鞋面看上去像小山羊皮或软皮的材质，实际上是用回收塑料瓶制造的。新材质、新设计与新奢侈之间的关系正在被重新定义。

（选自《作家文摘》第 2283 期）

明代人的"时尚"

◎ 陈宝良

从现有的史料来看，"时尚"一词始见于明代。什么是时尚？晚明名僧袾宏所著《竹窗随笔》有如下解释：

> 今一衣一帽，一器一物，一字一语，种种所作所为，凡唱自一人，群起而随之，谓之时尚。

这就是说，时尚的形成，通常"唱自一人"，而其影响力则是"群起而随之"，形成一股区域性甚或全国性的冲击波。

先说"一衣一帽"，这显然与"时样"一词相关。在明代，江南儇薄子的衣帽样式，无不更改古制，谓之"时样"。我们不妨举个例子加以说明：笔管水袜。明代最初使用的布袜大多以宽大为主，在膝际缚住。但一至晚明，这种宽大的袜子已经不再流行，转而改为盛行窄小。这种窄小的袜子，又称"笔管水袜"。

再来看"一字一语"，大抵可以从俗语、清言两个方面加以考察。明代的江南，市语已经相当风行。明代小说中的歇后语，如"南京沈万三，北京枯树弯——人的名儿，树的影儿"，其出典显然是当时流行的谚语，应为"南京沈万三，北京大柳树"。这些原本出自曲中的时尚流行语，在慢慢延及普通平民的过程中，最后更是"衣冠渐染"，开始被一些文人士大夫所接受。此外，在明代江南文人士大夫中间，流行一种清言，显然与他们讲究清雅的生活有着密切的关系，如朱存理，就著有《松下清言》。

无论是衣帽、字语，还是器物，其时尚的形成，通常倡自一人，于是在明代又出现了许多时尚人物。在明代，文化人如果想成为一个时尚人物，只能依靠他们的著作与行为。如果他们是首倡者，并引发一种群起仿效的效果，最后形成一种"时尚"，那么这些人就堪称时尚人物。在明代，真正称得上时尚人物者，应该说只有李贽（以"卓吾"著称）、陈继儒（以"眉公"著称）、王稚登（以"百谷"著称）、袁黄（以"了凡先生"著称）、袾宏（以"莲池大师"著称）五人。

在晚明，苏州、杭州应该说是当时最为时尚前卫的城市，为此形成了传播一时且又为大众耳熟能详的"苏样""苏意""杭州风"等专有称呼。在明代，苏州的得名，并不是人造的园林之胜，而是这座城市中的人。所谓苏样，明人沈弘宇《嫖赌机关》卷上曾有这样的解释：

> 房中茸理精致，几上陈列玩好，多蓄异香，广贮细茶。遇清客，一炉烟，一壶茶，坐谈笑语，穷日彻夜，并不以鄙事萦心，亦不以俗语出口。这段高雅风味，不啻桃源形境。

至于苏意，可引明人吴从先在《小窗自纪》所释为例：

> 焚香煮茗，从来清课，至于今讹曰"苏意"。天

下无不焚之煮之，独以意归苏，以苏非着意于此，则
以此写意耳。

　　可见，同是焚香、煮茗，一般的人重在其内容，也就是实
用的价值，而苏州人则重在这么一种形式，不过是写意，表达
一种意境，也就是重视其中的美学价值。显然，所谓的苏意，
应该包括以下两层含义：一是服饰时尚，二是"做人透骨时
样"。改用今天的时髦话，就是走在时代前列，永远是时尚的
弄潮儿。那么，怎样的人才算得上"做人透骨时样"？明末清
初著名诗人吴伟业在《秣陵春》传奇中，借用纨绔子弟真琦之
口，说出了这种生活的基本特点，也就是玩古董、试新茶。

（选自《作家文摘》第 2289 期）

"有毒"的时尚

◎ 杨建伟

美丽"有毒"

加布里埃·可可·香奈儿不喜欢绿色。

作为香奈儿时装品牌的创始人，香奈儿时常以一袭黑白套装示人，她身上几乎没有绿色的单品。甚至，自 1910 年创立以来，香奈儿史上就鲜少有绿色单品出现，直到今年，绿色才开始重回香奈儿的 T 台上，点缀了包包、衣服等。这位时尚女王对绿色的厌恶一部分或许来自迷信，但更有可能的是——历史上，"绿色"是有毒的。

1861 年 11 月 20 日，英国女工玛蒂尔达·斯科蒂勒死于"意外"中毒。据记载，"她死状凄惨，呕绿水、眼白发绿"，临死前甚至"看到的所有东西都是绿的"。斯科蒂勒死后，解剖师确认其指甲已变成深绿色，有毒的砷已经进入了她的胃部、肝脏及肺部。这种化学元素是当时给衣物等染上绿色的必备染料。生前，斯科蒂勒工作时，将含有砷的绿色粉末撒在人造树叶上，不知不觉也将它吸入了身体中。随后，这些头饰将被装饰在女性们的头上，成为时尚的一部分。

1778 年，药物化学家卡尔·威尔海姆·舍勒发明了亚砷酸铜，被人们称为"舍勒绿"。这种化工颜料漂亮，便宜，使用方便，一出现就成了时尚界的宠儿。女性们用绿色把自己从头武装到脚：披肩、扇子、手套、鞋履等。身着绿色的女性们现身于时尚插画中，恬静美好。后来，这种染料经过多次调整，产生了"翡翠绿"等颜色，绿色变得更为流行，就连当时的维多利亚女王都倾心于它。在一幅肖像画中，她穿着一件草绿色的晚礼服，直视着前方。

1900 年，美国幽默杂志《泼克》刊载了一幅名为《拖细菌长裙》的漫画，一个侍女一脸嫌恶地提起女主人的长裙边进行打扫，飞扬的尘土中出现了"细菌""微生物""伤寒""肺结核""流感"五个词，裙摆下拿着镰刀的死神缓缓升起，一旁还有两个天真可爱的小孩无辜地注视着这一切。这幅漫画绝妙地讽刺了当时拖尾裙的盛行带来的公共卫生问题。19 世纪的街道满是狗屎、马粪和工人的痰，街上充斥着细菌，而当女性们穿着时髦的拖尾裙走过大街等地时，她们也把疾病带回了家。

时尚"脚铐"

1908 年 10 月 7 日，莱特兄弟在法国进行飞机试飞时，邀请了一位女性，哈特·欧·伯格。作为第一位乘坐飞机的女性，哈特在穿着上不仅要做到优雅，也要适应飞行的环境。于是她便将膝盖以下的部位紧紧勒住，防止飞机飞行时裙子卡住零件。这一举措被设计师保罗·波烈看到，以此为灵感设计了风靡一时的"霍布裙"，裙子紧紧贴合女性双腿，一直延伸到脚踝处，以致人们穿上它时只能小步走路。

不过，霍布裙作为时尚宠儿的生命只有短短 4 年。1910

年 9 月，一匹脱缰的赛马在巴黎附近的尚蒂伊马场狂奔，冲进了人群之中。其中，一名身着霍布裙的女士由于裙子太紧而动弹不得，倒在了马蹄之下，最终因头骨骨裂而死。

霍布裙不友好的设计造成了许多安全事故的发生，但它的问题不止于此。上世纪初正是美国等国家女性要求投票权的时期，在这时的女性主义者看来，霍布裙限制了女性的自由活动，是一副时尚的"脚铐"。

霍布裙甚至成为了物化女性的一种标志。历史上，曾专门"瞄准"女性的时尚杀器们不只有霍布裙。19 世纪中期，一种近似圆形的裙箍开始从贵族中走入平民。这种裙子以精纺棉为主要面料，轻巧美丽，却极其易燃，时常引起火灾事故。尤其在芭蕾剧院，为了表演效果，女演员们不得不穿上裙箍式样的芭蕾舞裙，却不曾想到它会使自己置身火海。据记载，在 1797 年至 1897 年的 100 年间，全世界约有一万人葬身于剧院的大火中，其中主要是由芭蕾舞裙燃烧引起的火灾。

（选自《作家文摘》第 2297 期）

死亡芭比粉

◎ 孙琳琳

印象派：粉是亲眼所见

西方文学中对于粉红色最早的描绘，是《奥德赛》中的"玫瑰色晨暮"。19世纪，大自然的这一抹粉红，被印象派看在眼里，记在画上。

莫奈风景中的暗部大量使用粉色调，也画粉调的干草堆与睡莲；雷诺阿用粉色描绘女孩，但一改洛可可女郎的撩人风格，纯真烂漫、娇俏可爱；德加反复写生的粉红舞者，则透露出不可言说的压抑痛苦，他自称灵魂有如"破旧的粉色缎面芭蕾舞鞋"，堕至谷底而找到归宿。

19世纪，随着印染业的发展，曾经昂贵的粉色很快就普及开来，成为荷兰女仆最爱用的颜色，也成为商店里常见的色调。

现代艺术：粉是建筑与岛屿

当粉色从高位降下，艺术家对粉色的使用也发生了变化。

1904年至1906年是毕加索的玫瑰时期，他大量使用粉色和橙色来作画，内容却并非宜人的人物或风景，而是悲观的少年和滑稽的小丑。

1931 年，被香奈儿称为"会做衣服的意大利艺术家"的设计师夏帕瑞丽，受让·谷克多等人的超现实主义艺术影响，率先在成衣上使用艳粉色和荧光粉色，死亡芭比粉诞生。此时，粉所承载的含义是前卫与惊世骇俗。

20 世纪墨西哥建筑师路易斯·巴拉干也是超现实主义的拥趸，并从中吸取配色灵感。他的粉色是墨西哥国花大丽花的颜色，使用采自当地的天然染料，由花粉和蜗牛壳粉混合而成。

1980 年到 1983 年，大地艺术家克里斯托和让娜·克劳德创作了艺术史上最壮观的粉色作品《包裹岛屿》。在迈阿密南部的比斯坎湾，他们用 60 万平方米亮粉色聚丙烯织物包裹起 11 座岛屿。从空中鸟瞰，蓝色大海、绿色群岛中的粉红色岛屿，比洛可可时期最香艳的粉红女郎还要诱人。

20 世纪 60 年代以后：粉是死亡芭比

芭比娃娃的性感和完美令人望尘莫及，也令人着迷。安迪·沃霍尔的设计师好友是狂热的芭比粉，收藏了 1 万多个芭比娃娃。当沃霍尔要为他画像时，他说"画芭比吧，芭比就是我"。1986 年，沃霍尔真为他创作了蓝色背景的芭比肖像，随后又画了一张粉色背景的。后者被芭比娃娃的生产商美泰公司收藏。

沃霍尔本人也是粉色的拥趸，他位于纽约上东区的第一座工作室就被涂成了醒目的芭比粉，"粉色梦露"是他最具代表性的作品。不过，他爱用粉色不是因为少女心。粉色在当代已经不再象征地位或甜美，而成为批判嘲讽与特立独行的代表色。

艳粉色、紫粉色、荧光粉色，如今这些配色都被归类为死亡芭比粉，成为张扬的色彩符号。如果为死亡芭比粉加定语，大抵是：可怕的、难以驾驭的、直男审美的等等。

（选自《作家文摘》第 2259 期）

"臭美"的明朝人

◎ 三希　少禾

在中国古代服饰发展史上，明代的服饰，堪称最美。而对于"流行"估计也是明朝人最有心得。

"指定款"

在明代，尤其是中晚期，流行概念已经深入人心。逐渐庞大的"市民"队伍在追求潮流的社会风尚中，形成属于他们的"市民文化"，将礼制规划下的用色规定放置一旁，寻找自己的"臭美"方式了。

不过说到明人的臭美风气，可能还真得从明太祖朱元璋说起。别看历史课本画像上的朱元璋长得丑，但是对审美，他是抓得很紧的。洪武朝有考生落榜，就是因为长得丑，被他嫌弃。

明朝建国之后，朱元璋就亲自狠抓服饰问题。全国官民按各自身份，必须要穿"指定款"。虽说统一制服是硬性标准，但是朱元璋对美的追求，真的影响了全民审美。

"混搭风"

当然，朱元璋管得了一时，却管不了一世。从明朝中期起，"混搭"却成了明朝服饰的潮流。比如，后来流行起来"朝鲜风"。

明朝成化年间时，朝鲜使团来入贡，结果朝鲜人穿的马尾裙，瞬间吸引了满朝文武眼球。以至于京城里明朝大小官员纷纷效仿，衙门里常见"马尾裙"招摇，刮了好一阵流行风潮。

16世纪起，心学等思想的流行，让明朝人的审美观念也更自由。外加强大商品经济的良好打底，明朝的服饰文化，也得以突飞猛进。等到明朝中晚期时，更是美到华丽转身。

于是"混搭风"大行其道，想怎么穿，就怎么穿，想怎么臭美，就怎么臭美。各类华贵衣服，甚至连锦衣卫等特殊职业服装，只要你有钱就可以开心地"私人订制"。至于风险嘛，当然还是有的，但为了"时尚"也不是什么稀罕事。

时尚前沿的女性们

市民阶层中，追赶着华服新妆的女性们，成为一支主力军。在她们的影响下，服饰附带的色彩属性一同卷入流动风潮。顾起元就曾在"明代南京生活百科全书"《客座赘语》的《服饰》篇中写道：

> 留都妇女衣饰，在三十年前，犹十余年一变。迩年以来，不及二三岁，而首髻之大小高低，衣袂之宽狭修短，花钿之样式，渲染之颜色，鬏发之饰，履綦之工，无不变易。

普通士大夫家的女眷们，首饰就常见价值四百多两白银，甚至还有价值千两的。这类天价首饰，形状也常是"粗巨异常"。

　　从丰富的世俗娱乐到细致的衣食住行，无问良贱、无问地域，每个人都追求着"时尚"的最前沿。女性，也因为社会阶层的松动，获得了更多的生活空间，尤其是各地的才媛们。闺塾庭院里的开馆教学的女先生、鲜花店与绸缎铺里的妇女、择吉风水的小馆里的堪舆师，还有青楼台榭的优伶舞姬……

　　明代的女性文学创作风靡一时，在她们的诗歌中，女性的社交方式发生了变化，小小的庭院开始困不住女性的活动，和其他的文人一样，部分女性开始走出闺阁，游山玩水、一同观戏，形成定期交流的文学组织，属于她们的社会网络悄然开张。

　　　　　　　　　　　　（选自《作家文摘》第2261期）

时尚是细节的艺术

形象是一个系统的工程，时尚是细节的艺术，精致就是在别人看不到的地方搞事情。

手　帕

在《雾都孤儿》中，奥立弗被小流氓教唆去偷手帕的情节，足以证明手帕在当时的贵重程度。

手帕起源于古埃及，最早为亚麻制。继而，希腊人沿袭了这一小物，角斗场中曾以凯撒大帝抛出手帕为角斗开始的信号，观众们也随之挥舞手帕欢呼喝彩。拜占庭时期起，亚麻、棉花手帕仅用于宗教仪式，而手帕从功能性转变为装饰性的口袋巾，则始于17世纪法国宫廷。

闻名遐迩的玛丽皇后就是一位少见的折叠手帕的能手和收藏手帕的爱好者。直到20世纪初，这种正方形的手帕就成为了绅士的代名词，放在西装的胸袋里叠出各种形态，体现绅士之感。

袖　扣

张爱玲曾经说过："男人的袖扣犹如女人精致的耳环。"

1935 年，沃利斯·辛普森送给爱德华八世一对钻石镶嵌成 E
和 W 的袖扣，成就一段"不爱江山爱美人"的佳话。1987 年，
这对袖扣在拍卖会上卖出 40 万美元的天价，成为世上最为昂
贵的袖扣。

袖扣的起源离不开它的载体——男士衬衫。虽然公元 3000
多年前，古埃及人就穿上了亚麻做的衬衫，但是直到 16 世纪，
在男士服装里，它都是作为内衣存在。到了 17 世纪，巴洛克
风大行其道，男式衬衫的袖子最流行的就是宽大犹如花朵般的
袖口。而最早的袖扣，就诞生在那个年代。当时的衬衫袖子，
多是由丝带系起来的，男士们穿衣服的时候需要仆人伺候才能
完成，但有些急性子等不得系丝带，就发明了硬质的纽扣。

再后来，为了方便清洗，可以拆卸的衬衫领子和袖口大
行其道。洗完了，要浆，要熨，固定在袖子上的纽扣每次都要
拆下来再缝上，于是可以拆卸的独立袖扣在这个时期被疯狂追
捧，在 1788 年，它终于有了自己的名字：Cufflink。

鞋　底

藏在鞋底的时尚就是《欲望都市》里 Carrie Bradshaw 踩着
一双克里斯提·鲁布托的粉红色高跟鞋见 Mr.Big 最后一面；就
是《绯闻女孩》中 Queen B 和 Queen S 踩着红底鞋跑过上东区
夜晚的灯红酒绿。

红底鞋的起源还是和法国路易十四时期密不可分。17 世
纪，只有贵族男子能够把鞋跟做成红色，红色染料在当时属于

限定奢侈品。而如今，人们对于红底鞋的第一印象一定是克里斯提·鲁布托，一个法国的高跟鞋设计师和他的同名品牌。

（选自《作家文摘》第 2262 期）

喜庆红怎么来的

在整个中国历史上，没有一个朝代像现代一样这么爱用红色。隋唐以前，无论是建筑还是服装一般都是以黑色为基础色；在周朝，上至君王下至百姓，结婚都穿黑色的礼服；魏晋时期的婚服是白色的，而盛唐女子的婚服是青色的。

那么，中国红是从何演变而来的呢？这得从明朝说起，朱元璋在开国定邦后，在恢复周礼的过程中，从皇宫建筑到大街小巷都或多或少地涂上了红色，特别是宫城建筑，大红大黄的建筑与以往的朝代都截然不同，把官服和婚服上也都换成了红色。这是因为明朝以火德建国，对应五行中的红色，因此，红色也就成了明朝的国色。

也有人提出质疑，说这不一定是政治因素，也可能红色让百姓们感觉很喜庆。

事实上，红色最早真是用来辟邪的。早在旧石器时代，山顶洞人就会扎红腰带用来辟邪了，道士们画驱邪的符也是用的红色墨水，可见古代红色并不是主流色，而是起警示作用的。

（选自《作家文摘》第 2206 期）

宫殿的彩妆

◎ 王敬雅

2018 年，应该算是莫兰迪的大火之年。"莫兰迪"色系是指意大利画家莫兰迪作品中的色调，没有鲜艳明亮的色彩。在时尚界看来，莫兰迪色使用调和后的各种灰色和灰白色，对色彩的表现极具克制力，即使是清宫剧，似乎配色搞得灰一点儿，都透出了高雅精致。然而不得不说的是，如果穿越回清代，皇帝的眼前一点儿也不"莫兰迪"。

中国古代颜色有"正色""间色"之别，建筑颜色讲求"正色"，宫廷建筑的红色和黄色均为正色，不会看上去灰蒙蒙的一片。人们从繁杂的色彩中归纳总结出五种基本颜色，即：赤（类似今天的正红）、黄、青、白、黑，除了五色之外，"绿、红、碧、紫"之类，都属于间色。

五色俱全的事物在自然界中非常罕见，因此常常被视为君德开明、政理太平的祥瑞。宫殿作为帝王居所，理应是祥瑞的集合体，用色上五色俱全，一点儿也不矜持。紫禁城给我们最显著的颜色印象，就是红墙黄瓦了。

赤在五行中代表南方，与火、夏季对应，它是全世界最古老的。赤色一直是中国人最喜爱的颜色，自周代开始，中国人便将赤色用于大面积的装饰建筑中。到了明代，姚广孝不仅将北京城宫殿建筑外露木结构都装饰为朱红色，还将一直流传的白色墙壁改为了红色。

黄色象征土，在五方中为中央，是代表古代帝王的高贵颜色，因此黄琉璃瓦象征着火土相生和宫殿的中央尊位。青为五正色之一，在五行中为东方色，对应木、春。在紫禁城建筑中，也有很多青瓦覆顶的，如太子称东宫，也称青宫，故宫东部的"南三所"是皇子皇孙君主的宫殿，屋顶采用青色的琉璃瓦。

黑在古代，是五行中的北方色，与水、与冬季对应。如紫禁城当中的文渊阁，是宫中的藏书阁，屋顶采用黑瓦，以达到防火走水的目的。加上遍布紫禁城的汉白玉栏杆，雕栏玉砌之下使皇帝的宫殿五色俱全。

彩妆的最后一步，都是要加上珠光，所以紫禁城建筑在用金上也不含糊。金色主要来源有两种，即金漆与金箔，一个是金色，一个是真金。大到博缝板上的各种图案、大门上排布的门钉，小到彩画旋花的花心，金光无处不在，也成就了视觉上真正的"金碧辉煌"。于是明代金幼孜的《皇都大一统赋》中，就说紫禁城是"焕五采之辉煌，作九重之严密"。

清宫彩绘配色以蓝绿为主，而且因为多用矿物原料，所以并不明艳。现在很多影视作品中，绿色不是石绿色，而是绿油漆的颜色，看起来塑料感十足。

明清官式建筑彩画主要可以分为两大类：规矩活和白活。规矩活相当于职业妆，有固定的图样形制，包括带有龙凤装饰的和玺彩画和带有旋花装饰的旋子彩画，都是青绿为主的。白活相当于晚宴妆，应用在园林等个人的空间，指的是苏式彩画。彩画主题比较多样，花鸟、山水、博古、故事都可以，今天我们在颐和园长廊看到的彩画，就是清代苏式彩画的经典代表。

那么，建筑配色为什么不能来做彩妆呢？比如"宫墙红"的唇彩、"和玺色"的眼影盒之类的。因为，整个紫禁城建筑用色都是高纯度颜色，而且对比非常明显，用到建筑上会让人眼前一亮，但是会给人带来强烈的视觉冲击感，让人产生烦躁和疲劳。在这个崇尚裸妆、大地色的时代，除非有紫禁城的自信，谁也不敢把建筑用色涂在脸上。

（选自《作家文摘》第 2213 期）

古着的诱惑

◎ 卡生

　　"古着"这个词来自日文，又名古时的着装。不明就里的人会将古着的概念混淆于二手衣，其实能称上古着概念的服饰有一个普遍定义：至少有 30 年以上历史且保存完好，已经停产，代表其所处时代设计风格的服装服饰，年代划分为 20 世纪 20 年代至 80 年代。

　　如果想了解近半个世纪的服装变迁，有一部不得不提的电影：《时光尽头的恋人》，看完这部 2015 年的时尚大片，基本上能了解 20 世纪女性时装的时尚风潮。电影讲述了 1930 年，一位年轻的妈妈在一场大车祸中幸存下来，但停留在了 27 岁，之后不停地转换身份和职业，穿着也从 30 年代的印花上衣搭配到脚踝的裙装、40 年代的宽肩收腰日常装、50 年代的迪奥新风貌、60 年代的嬉皮波希米亚，一直变换到 80 年代的职业垫肩套装。

　　古着服装开始演变成一种文化和流行，是从 20 世纪 70 年代的日本开始的。战后日本遗留了大量的美国军用物资（包括大量的服饰），同时日本对美国等西方国家抱有崇拜心态，由此慢慢发展起来的循环再用模式，贴合了当时年轻人强调独一无二的潮流心理。直到 80 年代经济腾飞时期，日本人经历了一个盲目崇拜和消费奢侈品的年代。到了 1985 年，全球奢侈品的几近三分之二被日本人买走。为了适应市场，老牌奢侈品在日本设立工厂，本地产、本地销，所以80年代这类欧洲老牌的商标上很多是"Made in Japan"。到80年代末，日本经济下滑，大量的二手奢侈品进入二手市场。日本人对品牌的保养非常细心，这使得货源的完整程度有了最大保障，后续虽然经济不振，但日本古着行业却成为完善的体系。古着文化在日本已经成为年轻人不可或缺的生活方式，除了每条街道有古着店铺，还出现了体量巨大的古着连锁店。

欧美则很早就有了二手商店，二手成衣和奢侈品混在一起售卖，物美价廉且环保。

不同国家的古着店还是一部历史的活字典。在日本的古着店里二手奢侈品是性价比最高的；法国和意大利作为老牌产地，可以找到博物馆级别的收藏品，例如香奈儿早期亲自设计的款式；美国在战后30年引领了世界文化运动，所以在美国的古着店里，流行文化服装是最常见的。

古着店深受明星和时尚设计师的钟爱。有设计师说，如果你找不到当季的灵感，那就去逛逛古着店吧。今年Versace的大秀就完全复刻了品牌于上世纪90年代的经典图案和配色：巴洛克印花、美杜莎头像、波普元素。时尚的复古风潮，成为近年的杀手锏。所以丝毫不用讶异，最新一季的衣服和你曾经购买过的一件古着如此相像。

（选自《作家文摘》第2118期）

新中产，高级黑

◎ 郑依妮

"白富美"虽然是现代社会才出现的词，实际上人们偏爱白皮肤的传统已经传承了上千年。在中国，由于长期处于农耕社会，农民风吹日晒干农活儿，皮肤自然变得深黑且粗糙。相对而言，古代达官贵人所处的环境优越，皮肤白皙细腻保养得当。在这样的历史背景下，人们自然形成一种潜在的标准：皮肤白皙的人出身优越环境、高阶层，而皮肤黝黑的人成长环境差、家庭贫穷。

如今，以白为美的语境正在发生改变。在美黑族看来，皮肤白皙虽然迎合了大众审美，却远不如皮肤黝黑来得健康高级。

黑很高级

在欧美时尚界人士看来，小麦色、古铜色肌肤更具狂野热辣的美，犹如黑曜石般摄人心魄。美国真人秀明星金·卡戴珊、歌手碧昂丝、豪门千金帕丽斯·希尔顿以及英国名模罗茜·琼斯等人，都是美黑族中最新潮流的引领者。"美黑"已经成为西方人争相追逐的肤色新宠，这种西方的主流时尚也在影响着中国人。

在西方国家，以貌取人是很容易犯错误的。富人不是靠一身名牌来包装自己，也不是靠住豪宅、开豪车。西方对于富裕的体现往往是在没有品牌标志的细节上，例如一口整齐的白牙、一身古铜色皮肤以及一副健美的身材。如今，黝黑而有光泽的肤色代表了悠闲懒散的假期时光，经过保养的皮肤散发着光泽，掩盖不住刚刚度假归来身上还带着海边阳光的气息。

富人"享受日光，晒黑皮肤"的生活理念进入了普通人的日常生活，工作之余还有精力运动的中产也以此彰显他们的健康、富裕与活力。"中产不旅游，他们只度假。"

美黑化妆品让美黑的门槛变得更低了——不需要飞去海边度假，甚至不需要晒太阳，足不出户也可以把自己变黑。假装去澳大利亚潜过水、去马尔代夫捞过鱼也不再是难题。

黑很健康

城市健身一族更容易接受美黑，是因为深色的皮肤更容易显现身体的肌肉线条。皮肤黑才健康，这种观念也来自西方。芬兰人几乎是世界最白人种，但这里的人们反而不喜欢白皮肤。北欧许多国家都有这样的审美，这和他们处在高纬度地理位置致使长期缺乏阳光直接相关。长期阳光不足，苍白的肤色逐渐成为一种病态表现，焦糖色和小麦色甚至黝黑的皮肤则被看作健康魅力的象征。

同样痴迷于晒黑的还有英国人。英国的阳光极其稀有。每年七八月，只要出现了一点阳光，公园的草地，家门口的阶梯、天台，甚至马路边都坐满了美黑的英国人。上班族就连午休的时间也不放过，聚集在草地上，一边晒太阳一边吃午餐。

英国的美黑审美深入人心，就连中小学生也会去美容店，她们"像买软饮料一样"使用投币式日晒床。25—34岁的英国女性每年要消耗100万支美黑产品，且每人每年平均购买三支。皮肤晒黑剂和紫外线灯早已成为西方美容市场大受欢迎的热销产品。

在阳光最充足的八月份，几乎所有欧洲国家都在休假，地中海沿岸的海滩像下饺子一样人满为患。在一些度假胜地，可以看到白人抢占日光浴躺椅，拿毛巾占座的速度如百米赛跑。

（选自《作家文摘》第 2156 期）

北欧风的起源

◎ 笑笑

瑞典人口占全球 0.2%，却创造了全球 2% 的贸易额。它半数以上的国土被森林所覆盖，因而瑞典人崇尚回归自然和个性的设计，它是全球最具创造力的国家之一，也是被熟知的北欧风的源头。在瑞典，有两点是一定能感受得到，一是蓝天碧湖静谧的自然，二是无处不在的设计感。

哥德堡是瑞典的第二大城市，有着"设计之都"之称。与首都斯德哥尔摩相比，这里是一个相对自由和更具创意的地方，这里有各个时期留下的建筑集合。再加上地处三个北欧国家首都的中心，有 450 多条航线通往世界各地，是北欧三国工业最发达的地区，最出名的就是瑞典最大的工业集团沃尔沃。

哥德堡是有近 400 年历史的古城，最初由荷兰人设计建设，从其建立之始即是一个国际化城市。城市集具了不同时期、不同风格的设计建筑，但却始终保持极简的北欧风格，是无数年轻时尚人士最推崇的艺术设计圣地。

哥德堡建筑的第一个高峰时期是 18 世纪。当时瑞典向外开展海运而繁盛，因而哥德堡成为瑞典第一大港，至今都洋溢着浓郁的"维京海洋文化"。当时的东印度公司使瑞典成为一个重要的贸易城市。古典建筑风格石头矗立在运河的两岸。

位于哥德堡运河入口处的区域原来是哥德堡旧码头所在地，现在成为了观光客运和游艇码头。这里近邻哥德堡歌剧院，停泊着著名的四桅杆帆船维京号，还可以远眺哥德堡的地标建筑——高86米的口红大厦。它是哥德堡的最高建筑，其红白相间的颜色和稀奇古怪的形状颇具后现代主义建筑风格。

20世纪早期在哥德堡的建筑历史中是一段非常重要的时期。浪漫主义风格流行，很多有纪念意义的建筑就是那个时期建造的，比如在山丘上的Masthugget教堂。它鲜明的标志就是60多米高的教堂钟楼，几乎可以鸟瞰整个哥德堡城市风景，尤其是港口码头。它已成为哥德堡的一个象征。

除了传统的建筑，有座造型独特的鱼市十分惹眼。既能购买新鲜的海鲜，又兼具北欧建筑的简约美感。它建成于1874年，因外观与教堂相像而被称为"鱼教堂"。

哥德堡除了谈美景和建筑，也绕不开沃尔沃汽车，这里是它的故乡。有91年发展历史的沃尔沃汽车也让哥德堡成为闻名世界车坛的"汽车之都"。据说沃尔沃在当地的市场占有率是40%，甚至哥德堡还有个昵称叫"The City of VOLVO"。

（选自《作家文摘》第2133期）

格子的个性

◎ 杨丹

格子向来是时尚潮流中不可或缺的元素。然而把所有横竖条纹相交的图案统称为格子的做法有点不够严谨，就拿"斯图尔特"格和餐布格来说，它们不仅国籍不同，各自代表的"刻板印象"也相距甚远。

苏格兰高地的风格

人人都知道"斯图尔特"格来自英国。在罗伯特·贝恩所著的《苏格兰的宗族和格子呢》一书中，讲述了苏格兰格子呢可被用来区分不同地区的居民和宗族。

岛屿和大陆的高地居民穿着并不一样，即便是岛屿之间，各种格子呢的纵横的排列和颜色也有所不同。

伴随着苏格兰作家詹姆斯·麦克弗森创作的奥西恩诗歌以及"高地浪漫复兴运动"，格子呢在 19 世纪的民间获得了更广泛的普及。

同时，在格具如首饰盒、鼻烟盒、餐具、缝纫机配件等生活用品中，"麦克唐纳"格、"麦格雷戈"格，"麦克白和查理王子"格都是被经常用到的装饰纹。

当维多利亚女王与阿尔伯特亲王购置了巴尔莫勒尔堡，并聘请了当地的建筑师将城堡改造成为"苏格兰男爵"风格时，阿尔伯特亲自主持了室内设计，他大量使用了红色"皇家斯图尔特"和绿色"狩猎斯图尔特"格子呢地毯，就连窗帘和室内装饰也采用了"斯图尔特"格子。

维多利亚女王还为此创立了吉利斯舞会，每当她入住巴尔莫勒尔堡就会邀请周边的邻居和城堡里的人来热闹一下，舞会要求皇室的绅士们穿上"高地"服装，而皇室的淑女们则要穿晚礼服搭配"斯图尔特"格子绶带，这一传统被延续了下来。

餐布格披挂上身

相比之下，餐布格则少了这份"持重"。据说，原产于法国甘冈小镇的条纹布料在 17 世纪随着贸易全球化传遍欧洲。

第一次工业革命时期曼彻斯特的面料厂将原本的两色条纹纵横相织，相交处的颜色叠加产生了第三色，便形成了现在所谓的餐布格状。作为面料，它最大的好处就是没有正反之分。

如果没有吉尔伯特·阿德里安，恐怕餐布格真的离不开餐桌和野餐绿地了。这位当年领导着好莱坞电影工作室服装部门的设计师，不仅创建了女演员的着装风格，还制造了各种时尚热潮，餐布格裙子就是其一，这是他专门为朱迪·加兰在电影《绿野仙踪》（1939）中的设计，凯瑟琳·赫本在《费城故事》（1940）里也穿过。

后来，玛丽莲·梦露在杂志的大片中，那身黑色高领针织衫搭配餐布格裤装的造型成为经典。《窈窕淑女》中的奥黛丽·赫本、《与我同舞》中的法国女星碧姬·芭铎都成了银幕上餐布格的"代言人"。

碧姬·芭铎甚至在自己的婚礼上以粉色餐布格连衣裙代替了婚纱，从而引发了法国餐布格布料的供不应求。到了上世纪90年代，餐布格被做成胸衣套装被辛迪·克劳馥、娜奥米·坎贝尔这些超级名模演绎后增添了高级的性感。

"格纹控"大营

不可否认，女人爱格子，男人也是如此。西装一直在"深色、亮色、格子以及条纹"这四种流行趋势间反复了几十年，近年来，格子衬衫更是无处不在，作为一种对过于精致的都市型男和全套定制的花花公子的对抗。随着"木匠美男"的出现，这些身形健壮、留着杂乱胡子的男士们把棉质格纹衬衫当成了一种宣言。

上世纪70年代在朋克音乐兴起的时候，维维安·韦斯特伍德就开始使用格纹元素。她为丈夫所管理的乐队设计服装，其中就包括性手枪乐队。

法兰绒格纹衬衫成了90年代垃圾摇滚的标配，涅槃乐队、Breeders和珍珠果酱乐队都穿着格纹衬衫演出，这也激发了设计大师雅可布。从1993年开始，他也加入了"格纹控"的大营。流行文化要保持格纹的这种"亦正亦邪"的立场，于是就有了1995年电影《独领风骚》中女主角雪儿的着装风格。

（选自《作家文摘》第2082期）

卷发的百年

　　对于爱美的女士来说，1906 年是至关重要的一年。当年的
10 月 8 日，在英国伦敦牛津大街的一个发艺沙龙里，来自德国
黑森林地区托特瑙市的内斯勒首次公开展示了他的新技术——
第一台烫发机。这种利用电热烫发的器材体积庞大无比，烫发
者须头顶一打以上、重达两磅的黄铜制的烫发夹，枯坐几个小
时以上，才能拥有美丽的卷发，但仕女名媛仍趋之若鹜。

　　据说，埃及是世界上发明烫发最早的地方。那时，妇女
把头发卷在木棒上，涂上含有大量硼砂的碱性泥，在日光下晒
干，然后把泥洗掉，头发便出现美丽的涡卷。古埃及人还用烙
铁来使头发和胡须卷曲，希腊人则用铁和土色布的发卷，罗马
的有钱人使用中间插入热棍子的空筒来卷头发……这些都成为
"烫发"的起源。

　　在内斯勒的发明面世之前，人们已经能够利用卷发技术做
假发，但因为假发使用的化学药品太具有腐蚀性，女士们脆弱
的头发和皮肤根本无法承受。

　　自 1896 年以来，内斯勒一直在思索如何做出漂亮的卷发。
他发明的螺旋加热法，顾客的头发被卷在棍子的螺纹上，涂上
氢氧化钠之类的碱性糊膏，再置于有钳子般手柄的热气铁管
内，用电流加热——加热到 100℃或以上，直到热气熏蒸好头
发为止。他用钩子把强碱糊膏和电热棒钩在一个树形装饰灯上

来保证正常通电，也使得高温金属棒不会接触头皮，从而避免了烫伤。

内斯勒的烫发机 1909 年在伦敦获得专利，随后被广泛地使用，由此开启了一场席卷世界的时尚浪潮。

内斯勒是在 1901 年迁居英国伦敦的，在第一次世界大战期间，由于他的德国人身份，他被判入狱，所有资本均被没收。1915 年 11 月，内斯勒逃到了美国纽约。在那里，他发现街上有数百个他的烫发机的复制品，但绝大部分都没有得到很好地使用，也并不安全。于是他在纽约东 49 街开了一间店铺，很快把他的美发沙龙开到了芝加哥、底特律、棕榈滩、佛罗里达和费城。内斯勒还发明了一种 15 美元的可供家庭使用的烫发机。

尽管内斯勒建立了自己的商业链，但在 1929 年那场著名的经济大衰退中，他的绝大部分积蓄消耗殆尽。同一年，他的房子毁于火灾。

一战后，短发成为时尚，内斯勒的烫发法并不适合短发了。女士们纷纷模仿美国演员路易斯·布鲁克斯，渴望拥有一头顺滑的短发。20 世纪 60 年代之后，烫发才随着嬉皮士的兴起重新回到世界时尚的中心舞台，在 80 年代，甚至出现了烫发狂潮。如今，在托特瑙市建有一座博物馆，专门来纪念内斯勒这位时尚先驱。

（选自《作家文摘》第 2054 期）

欧洲人为什么讨厌绿色

◎ 赵青新

　　1821 年 5 月 5 日，拿破仑·波拿巴逝世于圣赫勒拿岛，终年 52 岁。有关这位大人物的死因，众说纷纭。传言说，他死于砷中毒。在他遗留的头发和指甲中检测出过量的砷化物。历史考证的结果，"下毒者"并非拿破仑的监管人，也不是他的某个敌人或者侍从，而是他居所里的地毯、布幔、壁纸和油漆缓慢挥发的结果。根据法国符号历史学家米歇尔·帕斯图罗在《色彩列传：绿色》中的讲法，"施韦因富特绿"和圣赫勒拿岛的潮湿环境，才是造成拿破仑死亡的元凶。

　　据说拿破仑非常喜欢绿色，他为军装设计了"帝国绿"，他的室内装潢也采用了绿色。当然那时候他并没有预见到自己会死于绿色，其他人也没有这种超前的见解。一直到 19 世纪中下叶，由于在绿色房间里的莫名死亡人数比例超常（尤其儿童房），化学家和医学家才有了这方面的联想，实验确认了含砷的绿色颜料用于室内装潢的毒害。

　　那么，为什么要把砷加进绿色颜料里呢？这涉及到当时的染色工艺。要把绿色稳固下来非常困难，常常没过多久，它就变得黯淡肮脏，而加了砷化物后的色泽非常美观、富有光泽，即使后来人们已经知道它是有毒的，依然很难抗拒这种致命的诱惑。拿破仑三世的妻子欧仁妮皇后就是绿色的拥趸者，而她对绿色丝绸长裙的偏爱一度引领了欧洲贵妇的时尚风潮。

拿破仑家族带动了这股"绿潮"。话说从前，绿色在欧洲文化史上其实并不受人待见。帕斯图罗甚至提出了一个疑问："古希腊人是不是绿色盲？"很难在古希腊的论著和艺术品里找到关于绿色的使用和描述。对于古罗马人来讲，绿色和蓝色都是"蛮族的颜色"。

看过《阿尔诺芬尼夫妇》这幅名画吗？新娘穿着一条绿色的长裙，挺着一个形似怀孕的大肚子，穿着毛领披风戴着大帽子的男人看上去很冷漠，女人似乎也流露出不情不愿的淡淡忧伤，这幅描绘婚礼场景的画像氛围并不温馨。或许，他们就像偷吃禁果之后的亚当和夏娃，引诱夏娃的那条蛇就是绿色的。与此类似的还有青蛙、蟾蜍和鳄鱼等生物以及虚构的龙。它们在传说中都是撒旦的绿色追随者，而撒旦本身也常常被画成绿色的，它还领导着一群绿色的小恶魔。

人们厌恶绿色，认为它是邪恶的，而且还是贪婪的。所以把钞票印成了绿色。"戴绿帽"在欧洲不是意味着出轨，而是隐喻破产和倒闭，还有疯狂。赌桌上的行话称为"绿话"。命运女神福尔图娜掌管着钱财，她是赌徒的守护神，她身穿的绿色长袍象征着金钱、债务和运气。

绿色本无辜，为何招歧视？这说明了文化尤其是意识形态的作用。在不同的历史阶段，绿色在人们心目中的看法是不同的。比如，中世纪的伟大教宗英诺森三世为人比较开明，他就认为绿色象征着希望和永生，把绿色抬到了基督教色序的第四位，仅次于黑色、白色和红色，让这种"中庸"的色彩体现和谐和安静的美感。16 世纪新教改革兴起之后，反对一切奢华和鲜艳，绿色渐渐被人喜爱，成为源于自然的"圣宠之色"。到了更晚一点的时候，绿色又成为了自由的象征，广泛地应用于旗帜和军服。至于它在当下这个时代的地位，生态和环保几乎占据了绿色的全部象征意义，它成为了现代人渴望的颜色。

（选自《作家文摘》第 1998 期）

银子是月亮的眼泪

◎ 龙隐

《水浒传》成书于明代嘉靖末年，全书没有使用纸币的描写，甚至用铜钱也罕见，市场交易不论款额大小，几乎专用白银。足见明代社会对白银的依赖程度。有学者认为，明代的衰落与美洲白银的流入有很大关系。

菲利帕·梅里曼所著的《银子：一部生活史》一书中提到了在公元 5 世纪初，人们在希腊劳瑞姆意外发现了一个蕴藏特别丰富的银矿，这个矿脉不仅为雅典发展海军提供了资金，而且这里出产的银子纯度很高，还成为当时贸易活动中的流通货币。雅典帝国的壮大，正是基于这两个因素。

银子除了作为货币，本身还是很好的装饰品，中东地区许多女性的珠宝首饰上都点缀着银币。贝都因女性从头到脚都缀满珠宝，其中银制的尤其多。维京人尤其喜欢以银子来衡量自己的财富。1859 年人们在英国北约克郡发现了一处埋藏于 10 世纪的宝藏，有英国、阿拉伯的钱币、钱锭、散碎的珠宝和剪碎的银子。到目前为止，已经发现的维京人在英国留下的最大宝藏是 1840 年发现的，埋在兰开夏郡克代尔河岸，发现银币和其他贵金属制成的各式物品共 40 公斤。

此外银子也有象征意义，埃及人相信神的骨头都是银子做的，玛雅人传说金子是太阳的汗珠，银子是月亮的眼泪。银子经常被制成辟邪物、护身法宝和礼物。大英博物馆中有一副埃及人的银手镯，镶嵌金银交错的辟邪图像，制作时间可追溯到中王国时期（公元前 1991—前 1785 年），手镯上的图像有乌龟、野兔、蛇、狒狒、猎鹰。在基督教的传统中，婴儿在洗礼时，经常会收到一个银制小勺作为礼物。

直到晚近，银器才开始成为祖传之物、收藏品和有审美价值的艺术品。在英剧《唐顿庄园》中有一幕是这样的：管家卡森拿着一个银质的烛台，对女管家休斯太太说，那上面已经有了很多的刮痕，他得连夜把它们擦拭好，可是休斯太太仔细端详之后什么也没看出来。懂得贵重的金银器与餐具的保养，可以说是英式管家的"看家本领"，有时候一些庄园甚至有专门擦拭银器的人。

中国古代有银针试毒的说法。银是天然的抗生素，许多医用橡皮膏和绷带都含有银成分。滤水器也把银作为净水媒介，所罗门王曾经命令所有神庙中的蓄水池都用银制成。曾经美国西部的定居者也习惯把一美元银币丢在饮用水中，这样隔夜的水也依然新鲜。

（选自《作家文摘》第 2006 期）

都市不只黑白灰

◎ 李孟苏

不知从什么时候开始，黑白灰被推广为"摩登"的代表色。想当年，摩登鼻祖香奈儿除了确立现代女装的廓形、格调、面料，更首次大量使用黑白灰——它们犹如她服装体系的三原色，被视为服装史上的一场革命。在她使用黑白灰，尤其是黑色之前，除了出席葬礼、去教堂、上法庭，女人是不会在日常生活中穿黑衣服的。另一方面，黑色与暴力、放荡、谋杀、背叛、诱惑联系在一起，没有好名声，只有交际花才会穿黑色晚礼服。香奈儿用黑白灰树立了全新的"女性、解放、性感"概念。

伊夫·圣洛朗也酷爱黑白灰，时尚评论界公认香奈儿小姐解放了女性，伊夫·圣洛朗为首的新兴设计师则给了她们权力。香奈儿竭力通过舒适、易于活动的衣服解放女性的身体，这些同志设计师却要尽量消弭男女身体的差别。在上世纪70—80年代经过卡尔文·克莱恩、多娜·凯伦等设计师的推波助澜，黑白灰终于成为女人"强"权的象征，似乎野心勃勃的女人才喜欢。

中国香港女性是亚洲职业化程度最高的，她们也最推崇黑白灰和中性风的服装。奉亦舒为都市生活师太的女郎们至今仍傲娇地宣传，自己的衣橱里只有黑白灰，甚至买衣服买得前夫破产的章小蕙也这样说。

究竟什么是摩登精神？纽约、伦敦、东京、香港、北京、上海之所以为摩登之都，是因为它们饱含自由、宽松、独立的人文传统，鼓励生活在其中的人们不要随波逐流。当黑白灰被定义为现代都市女郎的标志和"新性感"，敢于在面料上抹两笔明亮的色彩、描几朵复古怀旧的花朵，也体现了一种革命精神。

就像泰国裔设计师 Thakoon，他曾在卡尔文·克莱恩身边工作，很好地把他的极简风格与欧洲风情结合在了一起。他喜用玫瑰做印花的主题，善于把玫瑰做各种处理，比如让它们抽象旋转，再配以茧形廓形、丝质面料、层叠蕾丝，奥巴马夫人多次穿他设计的玫瑰花裙装陪同丈夫出席重要场合，打破了花卉图案等色彩鲜艳的服装只适合参加下午茶会和婚礼、正式场合还要穿单色系及轮廓硬朗套装的常规守则。这样的时装消除了人们对当代设计的某些偏见：先锋设计过于偏重女权，但时装仍要回归审美的本质，而黑白灰的设计未免单调，最重要的是，现代都市不只是黑白灰的摩天大楼。

正如黑白灰要真正穿出"干净"的感觉，印花服装也特别挑人。穿印花穿得富有品位的奥巴马夫人给出了建议：印花服装的廓形要简洁，如 A 字裙或紧身连衣裙；要保证花朵图案在膝盖之上，避免长及小腿肚的花朵裙子；选择鲜明的花朵盛开的图案，避免小碎花，如果实在热爱碎花，就选黑与白的碎花。

（选自《作家文摘》第 2004 期）

时髦莫过"的确良"

◎ 简汐

"我们能不能也搞点化纤"

新中国成立之初，工农业基础薄弱，吃穿用度各方面，生产的发展都赶不上几亿人生活改善的需求。那会儿大家穿的全是棉布衣裤，而有限的土地顾得上种粮食，就顾不上种棉花，纺织品异常紧缺。

1954年9月，全国启动实施棉布计划定量供应，各地分期按人头发放布票，布料、成衣、床上用品统统凭票购买。布票不够，钱也不宽裕，老百姓穿衣必须精打细算、艰苦朴素。怎么解决老百姓穿衣难？据报道，毛主席就曾对周总理说："我们能不能也搞点化纤？不要让老百姓穿衣这么千辛万苦。"

"的确良"是化纤的一种，上世纪50年代在国际上开始流行，也称"达可纶""涤纶"，有纯纺的，也有跟棉、毛混纺的，通常用来做衬衫。据说这种面料最初在广东按音译被唤作"的确靓"，传至北方后变为"的确凉"，后来大家发现穿起来并不凉快，才改成了"的确良"。

尽管不吸汗、不透气，可"的确良"挺括滑爽、易洗快干，还比棉布结实，"经蹬又经踹、经铺又经盖"，一件顶三件。更重要的是"的确良"虽然贵，但不按实收布票，对布票不够用的人家是个大好消息。

街上流行花衣裳

　　"的确良"带给中国人的，还有巨大的视觉冲击。五六十年代，中国没有时装概念，衣服款式基本男女一个样，颜色只有灰、蓝、黑，被外国媒体形容为"蓝蚂蚁""灰蚂蚁"。

　　而"的确良"的出现，让大家见识到了衣服不但可以周身没有一点"死褶"，还能如此鲜亮，尤其是后来各种花形不断面市，让街头突然流动起了色彩。一时间，想要洋气点，少不了省吃俭用置办"的确良"。

　　最开始，大家买不到也买不起几件"的确良"衬衫，只能购买"的确良"做的假领子，几件假领轮流穿，每天给人焕然一新、体面高级的感觉。哪个姑娘有件格子"的确良"衬衫，足以引发极高的回头率。到70年代中后期，随着"的确良"普及，姑娘们纷纷穿上小碎花裙子、带里衬的白裙子，走起路来裙角飞扬，男士们则热衷雪白的"的确良"衬衫，不少人还把下摆扎在裤腰里。

　　有人回忆：粉碎"四人帮"后，自己有幸作为学生代表接待外宾，为此到亲戚家搜寻装备，最后精选出一双只有在上海才能买到的白边白塑料底方口布鞋，一条表姐舍不得穿的隐条"的确良"长裤，一件妈妈的"的确良卡其"（简称"的卡"）上衣，还戴了圈假领子。这身拼凑出的行头吸引了众人视线，后来好多年都是自己炫耀和臭美的资本。

　　到了80年代中期，风行一时的"的确良"逐渐没落，一统天下的"的确良"衬衫向涤棉、纯棉、牛津纺、丝绸、绒布格衬衫等转变。

　　　　　　　　　　　　（选自《作家文摘》第2045期）

芭比和她的先辈们

◎ 唐离

自从 1959 年来到世间后，"芭比娃娃"畅销世界 150 个国家。是世界玩具市场上畅销最久的玩具。

芭比与以往的玩具娃娃都不一样。她是个大人，四肢修长、清新动人，虽然身材很好，但被漂亮的衣服紧紧地包裹着，虽然只有 11.5 英寸高，她的脸上却流露出如玛丽莲·梦露般的神秘。创始人露丝·汉德尔把自己的女儿芭芭拉的昵称"芭比"送给了这个可爱的娃娃。

汉德尔在她的自传中这样说："我创造芭比娃娃的理想就是，通过这种玩具的诞生，让所有的女孩子都意识到她们能够成为自己梦想成为的任何一种人。芭比娃娃代表了女性拥有同男性一样的选择权……"

从功能上来说，芭比娃娃不像发明于 19 世纪的传统婴儿娃娃，是为了鼓励小女孩学着做母亲的样子；也不像美国的女孩娃娃，是一个理想化的健康的少女形象；而是让年轻女孩去探索她们的性感，借此可以表达对未来的期望。

其实芭比的身体代表了一个古老的真理：几千年来，人类一直迷恋女性的身体和其赋予生命的奥秘。几乎每个时代，每种文化类型中都有娃娃式的小雕像，最早的是以维纳斯，也就是生育女神的形象出现。最古老的可能要算 2008 年德国发现的"霍赫勒·菲尔斯的维纳斯"，这个象牙雕基本上是一对大乳房和生殖器，头和腿都没有，距今至少 3.5 万年。

埃及的桨娃娃在埃及前王朝时期，特别是在中王国（公元前 2040—1750 年）的墓葬品中被发现。桨娃娃由一块木板，描绘出躯干，简化的肢体和一个女人的脖子。有用亚麻线串成的头发状装饰。作为身体的木板上画上珠宝、图案或者文身。这些木娃娃可能是最早的有记载的玩具之一。同时在法老的葬礼仪式上，桨娃娃也象征着赋予生命的力量。

到了公元前 200 年左右，关节能够活动的玩偶出现了，同时还出现了穿衣服的玩偶，这为女孩提供了与世界交流的新方式。日本平安时代（794—1185）的女孩，生活受到严格限制，流行打扮长发的"雏人形"（小偶人）。这个看似无聊的追求背后有严肃的心理预期：雏人形娃娃连接着现实的刻板和想象的自由。同样毫不奇怪，从小经受过严格教育的维多利亚女王收藏了数量惊人的精心装扮的娃娃。

不只是芭比娃娃，所有的娃娃，其实是体现我们集体无意识的永恒渠道。

（选自《作家文摘》第 2008 期）

"男子簪花"话宋朝

◎ 谢雨

"簪花"似乎一直是女性的专宠，其实"花"在历史的某一个时期也曾被男子不胫摘走。例如，大家熟悉的《水浒传》人物谱中的"西门庆""李逵"等戏曲人物，就是以"鬓边插花"的扮相独具舞台魅力。这个时期，就是宋朝。

所谓"男子簪花"，指的是男子用时令鲜花或金银制、绸制、绢制假花插于发髻、鬓角或冠上（《宋史·舆服志》载，"幞头簪花，谓之簪戴"）以作为装饰或礼仪程序的一种风俗。据考，所簪之花有茱萸、木槿花、蔷薇、梅花、杏花、棠梨、茉莉、牡丹、菊花等样式。

宋代"宫廷簪花"，沈从文先生在《中国古代服饰研究》中有明确说明。"宋代遇喜庆大典、佳节良辰、帝王出行，公卿百官骑从卫士无不簪花，帝王本人亦不例外。"宋代的皇帝是出了名的好赏花、簪花、赐花，"花痴"多多。自真宗后"御宴簪花"盛行，宫廷赐花礼仪正式嵌入政治体制。

同一时间、地点，且簪了同样一朵富贵吉祥花的4位主人公——韩琦、王珪、王安石、陈升之在后来的30年中先后高坐相位。这就是著名的"四相簪花"故事，也是"雅集簪花"的典型案例。上有好者，下必甚焉。官宦聚会，附庸风雅，簪花也当是一种凑兴。沈括亦将其载入了他的《梦溪笔谈·补笔谈》。

"风前横笛斜吹雨，醉里簪花倒著冠。"（宋黄庭坚词《鹧鸪天·黄菊枝头生晓寒》）自古，我国就有"饮酒簪花"的习俗，宋时之如前朝，有过之无不及。宋人吴淑的传奇小说《江淮异人录（上卷）·李梦符》里就描写了一位死于"花酒"的奇人，貌如璧人，出口成诗，好四时插花。

民间所好，素有寿庆簪花、嫁娶簪花、节日簪花之俗。

民间做寿，无论是寿星及主家上下人等，还是祝寿的宾客，皆好簪花。"华筵布巧。绿绕红花枝闹。朵朵风流。好向尊前插满头。此花妖艳，愿得年年长相见。满劝金钟，祝寿如花岁岁红。"（宋王观词《减字木兰花》）

民间嫁娶，新郎"簪花"。《水浒传》第五回，周通抢亲，"头戴撮尖干红凹面巾，鬓傍边插一枝罗帛象生花"（象生花即假花，亦称彩花，多以罗、帛、绢等制成）。或多备"簪花幞头"，"戴花幞头"之风至少沿袭到了民国。

民间过节，簪四季花"以应时序"。"上元夜戴闹蛾、玉梅、雪柳；端午戴茉莉；立秋戴楸叶；重九簪菊。""……紫萸黄菊，堪插满头归"（南宋朱熹词《水调歌头·隐括杜牧之齐山诗》）描写的就是重阳时节男子头上红紫的茱萸果粒与金黄的菊花丝相映成趣的景致。北京故宫博物院有一幅南宋院画《大傩图》轴，以"村田乐"为题材，所现12人，多耄耋老叟，涂面舞蹈，滑稽逗笑，其装饰打扮，背蚌扣笋，五花八门。其中，"头插花、叶、柏、梅、竹"造型即宋代迎春仪中最具特色的戴"春幡胜"习俗之"簪花插柳"。

探花簪花。"宝津南殿，宴坐近天颜，金杯酒，君王劝。头上宫花颤。"（宋陈济翁词《蓦山溪》）"宫花"即"及第花"——杏花，源自新科进士宴前先行"探花"之举。

优伶簪花。宋朝是一个"娱乐至死"的时代，民间狂欢活动最多，从业于乐工、歌舞、杂剧等的优伶多以男子为主，"簪花蹼头"是为流行之演艺行头。

死囚、狱卒簪花。《水浒传》第39回，宋江、戴宗大限，狱卒为其"绾个鹅梨角儿，各插一朵红绫子纸花"。行刑前"插红花"多有向凶人表达道贺，贺其解脱的意思。另有记载，宋代皇帝大赦，为宣示圣恩、天恩，"开封府大理寺排列罪人在楼前，罪人皆绯缝黄布衫，狱吏皆簪花鲜洁，闻鼓声，疏枷放去，各山呼谢恩讫"。

作为一种普遍的民俗，宋代对"簪花"的特殊感情真是自上而下渗透到了社会的各个角落。除了国难、忌辰，再没有什么能阻拦他们"簪花"的。

（选自《作家文摘》第 2012 期）

一百年里的"爆款"首饰

◎ 盐白

民国时期，上海作为一个象征财富和充满冒险精神的国际都会，名媛的珠宝彰显着身份地位。此时，欧洲正吹起轻巧、自然的首饰之风。受到西方文化的影响，上海的首饰成为了中国流行风向标。

翡翠手镯可以算是民国时代"爆款"，大都是细细弱弱的流线型。宋美龄一生收藏了不少翡翠，最出名的是一款翡翠麻花手镯。上海青帮头子杜月笙也不惜以 4 万元高价买手镯赠给夫人佩戴。有一种说法，女人戴翡翠手镯是为了控制坏脾气，如果动作太大，手镯会碎掉，借此约束自己。

顾维钧太太黄蕙兰，当年在巴黎社交场时被称为"远东的珍珠"。民国杂志《权威》写顾维钧太太的珍珠："顾维钧的太太，是一位珍贵饰物的收藏家……她的饰物中间，尤以珍珠最为名贵。"当年，小姐和太太们都喜欢如粟米般大小的珍珠耳钉，珠光衬着细巧的侧脸轮廓，更觉动人。一个上海女人说："我当时喜欢佩戴款式比较小的耳钉，特别是珍珠，条件好的女性用小的耳环，耳环越小越稀奇。"这种独立珍珠耳钉至今十分流行。

珍珠和翡翠手镯的流行，跟当时专卖首饰的店铺的兴起不无关系。1852 年，在上海的南市小东门方滨路上，一家名为"老凤祥"的首饰店鸣锣开张，此时首饰店铺还寥寥。到了 20

世纪初，才诞生了庆云、景福等九大银楼。

民国时期，新派上海女性很喜欢大颗粒的钻戒，尤其是粉红钻和火油钻。电影《色·戒》里，易先生为王佳芝买下的是一枚卡地亚经典的六克拉鸽子蛋粉钻，一段乱世爱情就此暗涌展开。

二战爆发后，珠宝市场几乎不复存在。人们用黄金打造成首饰戴在身上，方便逃亡，黄金首饰给人的安全感，大约就是在逃难的路上产生的。曾经与尊贵、稀缺为伍的黄金，由于大量的机械设备投入到首饰制造业中而迅速蔓延于普通人群。"發"字黄金方戒是生活最常见的经典款，还有"福""寿""吉祥""如意"等字样也颇受欢迎。

上世纪 70 年代改革开放后，中国沿海地区的有些人一夜暴富，身价暴涨。他们戴上粗重的大金链子，配上大哥大、公文包，招摇在街头。大金链具备了炫耀、容易变现、容易跑路的特点，还一度成为电影里黑社会大哥的宠儿。

从 80 年代开始，大众传媒的发展带动了电视剧和流行音乐的兴起。漂亮的女星热衷于戴大而浮夸的宝石，彰显霸气的女性魅力，大多是黄铜、红色人造宝石、水钻……闪着BlingBling 的光芒。现代首饰已经没有了明显时代特征，网购让各种"独立""定制"的设计迎来了春天。

（选自《作家文摘》第 2013 期）

穿在身上的文化

◎ 蒋肖斌

中国衣裳的首席设计师

西南交通大学人文学院副教授李任飞认为，中国衣裳的首席设计者当推黄帝。上下装在今天看来稀松平常，但祖先把服装定型为上衣下裳，却是一个伟大的创意。在《周易·系辞下》中有一句话：黄帝尧舜垂衣裳而天下治，盖取诸乾坤。上身穿衣，下身穿裙，首先是为了方便生活。黄帝时期的气候比现在热，下身穿裙便于散热；而先民以农耕为主，如果穿裤子，泥土容易沾在裤脚上，穿裙子，泥土就沾在小腿上，便于清洗。

设计完了服装制式，黄帝继而为服装定义了文化内涵——上衣对应天，下裳对应地，穿上这样的服装，人就活在了天地间。既然上衣对应天，那就与天同色，所以取玄色，下裳对应地，就与地同色，所以取黄色。地是黄色的很好理解，那天为什么是玄色呢？原来，古人认为，如果出了太阳或月亮，天就不再是本色，所以在月亮落下太阳未出的凌晨，仰望天空，那种深邃的黑里略微透出一点红的颜色，就是玄色。天地玄黄作为古代的世界观，古人就把世界观穿在了身上。

把历史甩变了形

孔子说过"微管仲，吾其披发左衽矣"。这句话除了把管仲定位成中华文明的守护神，也让我们看到了古人对服装的重视；冠冕、领袖、裙带、纨绔……日常生活中用到的很多词汇，都与服装有关；现代管理学的不少词也都与纺织有关，如经营、组织、机制、纪律、绩效。

领袖，领与头脑相连，袖与手臂相接，一个既有头脑又有手段的人，当然非常厉害。但今天大部分人所不知道的是，早期的领袖仅代指杰出者，而非领头人，因为古代服装在领袖之上还有冠冕或头巾。所以，领袖一词从杰出者升级并逐渐专指领头人，要等到人们头上普遍没有头饰的时候——大约是清代。

再比如，古代官员系在腰间的布带，两头下垂的部分称为"绅"，后来把整条布带称为"绅带"，所以，系着绅带的人就称"绅士"了。李任飞说："别小看这条带子，那可是有素质要求的——示谨敬自约整（《白虎通义》），也就是要'做人谨慎、对人恭敬，自我约束，自我完善'。这就是古代绅士风度的典型特征。"

服装是穿在身上的文化，但有时候，现代人因为没理解文化，把服装也穿错了。古代冕板前低后高，其寓意是谦恭勤勉；其次，冕旒一定要把眼睛遮住，叫蔽明——不要把所有的事情都看清楚，水至清则无鱼；而且，冕旒还有一个非常重要的作用，就是让皇帝保持坐姿端正，一旦摇头晃脑，冕旒就会哗哗作响，有失威仪，"但是在古装剧里，皇帝头上的冕被设计成两头上翘，冕旒高高挂在前额上方，皇帝的头甩来甩去，看起来很有动感，但历史也被甩变了形。"

（选自《作家文摘》第 2019 期）

清朝皇帝爱扳指

◎ 徐飞

所谓"扳指"亦叫"板指""班指"或"梆指",是古人拉弓射箭时套在拇指上的钩弦用具,先秦文献中称之为"韘",清代以来俗称"扳指"。这类器物多以骨、玉、石等材料制成,套在拇指上不仅可以避免引弦磨损勒伤手指,而且还有利于射者开拉强弓,以达到提高射程,增强射击力度的效果。

1976年安阳殷墟妇好墓出土的商代玉韘,是迄今发现最早的玉韘。妇好是商王武丁的配偶,也是女统帅。

春秋战国时期,玉韘形制较矮,形状犹如指环,与商朝相比更具装饰性,已然不是实用之射具,更多地是象征着一种"尚武"精神,是群雄争霸年间"人人皆兵"的时代需要。

到了汉代,玉韘演变成一种观赏性佩件,注重造型、工艺,雕龙刻凤的华丽特质使其深受汉朝皇帝、贵族的喜爱。

魏晋南北朝时期,韘形佩的纹饰愈加复杂,器身愈发精致,已完全成为皇亲贵族、富家公子的赏玩之物。再到之后的唐宋,彼时出现了大量仿汉代的玉韘器件,其形制多样,风格纷杂,但已完全失去了当初的"射具"功能,纯粹的玉韘已然不可见了。

清朝统治者在入关前,就已将射箭作为重要的个人军事技能。清太祖努尔哈赤创立八旗制度,要求满族八旗子弟自幼练习拉弓射箭,拉弓时为了保护手指须佩戴扳指,因此八旗子弟几乎人手一枚扳指。扳指在满语中被称为"憨得憨"，满族的扳指与传统的不规则的汉族玉韘、韘形佩不同，其为规则的圆柱体，套戴在手上，以便拉弓射箭。

之后，清军入关，扳指从军事器械成为了赏玩时髦。扳指的材质也从充满自然气息的驼鹿角发展为翡翠、水晶、犀角、象牙、玉、瓷、碧玺等名贵的原料。清朝等级制度森严，普通旗人佩戴的扳指以白玉、象牙、瓷质为最多。皇亲贵族所戴扳指则多以上等翡翠磨制而成，色泽纯正、纹饰各异，碧绿而清澈如水，多为价值连城之品。

清代的皇帝对于玉扳指亦是情有独钟。乾隆对于玉质和翡翠扳指尤其钟爱，曾作近50首咏玉韘诗，收入乾隆《御制诗文集》中。曾赋诗谓扳指"环中内外光明莹，一气浑融万理涵"，对于扳指推崇备至。

从顺治初入中原到康雍乾盛世，清朝皇帝御用扳指的制作始终遵循着严格的惯例和规定。主要负责制作扳指的机构是清宫造办处，他们先是依皇帝谕旨做出纹样，经皇帝本人修改确认后才可正式开始制作。据载，乾隆皇帝当年在行宫避暑之时，曾连续7次来回传递命令，不厌其烦地提出修改意见，只为打造出一个喜爱的扳指。

2007年，在苏富比拍卖会上，曾为乾隆所拥有的一套玉扳指被一位亚洲买家以610万美元的高价买走。这套扳指中有白玉扳指二件、碧玉扳指二件、汉玉扳指一件、青玉扳指一件、赤皮青玉扳指一件，共7件，所有扳指中膛大小、样式基本一样。其中碧玉、汉玉、青玉四件扳指上都刻有乾隆帝的御制诗，用来装扳指的是红海鱼图圆漆盒，雕工精细纯熟，盒内刻有乾隆诗句，盒底是乾隆的四字印章，每一件扳指之间用丝绸隔开，扳指内放置紫檀木，略有淡香，防潮防湿，二者互为养护。

历经千百年的演变，方寸扳指之上，记录的是中华民族源远流长的历史文化。清朝将祖先的射具发展成装饰的扳指，是满人精神归宿的象征，也是对过去骑射生活的缅怀。

（选自《作家文摘》第 2018 期）

为什么所有牛仔都戴着帽子

行踪无影而在关键时刻总会挺身而出，身手不凡却爱在小酒馆施展拳脚，枪法百步穿杨但时常遭暗箭重伤……衣冠不整、不修边幅的他们总是在散发魅力……

在众多五花八门对于牛仔的刻板印象里，只有一点是最令人好奇的：为什么所有牛仔都戴着一顶帽子？

牛仔这种职业在诞生之初真的是养牛的。西进运动在赶走了印第安人、将自发地的野生动物捕猎殆尽后，倚靠着优秀的气候和土壤条件，最简单而可靠的办法就是发展畜牧业。

19世纪三四十年代的美国牛仔主要集中在牧场上，他们要放牧、交易牛群，还要负责维修栅栏、管理牧场设备等，工作相当辛苦。

在我们对牛仔的印象里，他们的装扮总是特别复杂，甚至都可以用花哨来形容。其实不然，游牧生活决定了牛仔在穿着上与众不同，典型的牛仔总是头戴毡帽、脚蹬马靴，衬衫和披肩呈统一样式的排布，口袋和马鞍里满满的装着各种小玩意儿，每一件都有实用价值，而不仅仅是摆设。

就像吉他手与他们的 Fender（著名的吉他品牌）总是形影不离，都市丽人对 Macbook（平板电脑）爱不释手，牛仔们总是钟情于他们的帽子，甚至在摔倒爬起来时第一件事不是查看伤口，而是捡起掉落在一旁的帽子。这些帽子形状统一、易于辨认，以至于后来我们直接把它们统一称作"牛仔帽"。

牛仔帽诞生的时间节点有明确的记录，1865 年。在 1865 年之前，受欧洲世界的影响，当时普遍流行的圆顶礼帽被普遍认为是绅士的象征，各位牛仔自然也会选择佩戴。

但考虑到牛仔工作的特殊性，圆顶礼帽并不能适应西部险恶的生活条件。于是在 1865 年，费城的帽子制造商约翰·B.斯泰森根据牛仔的工作环境，在长途跋涉的旅途生活中更好地适应，专门设计了一款斯泰森毡帽，又称"平原之王"。

这种帽身高、帽檐宽的帽子，内部附有一条汗带用于贴合头部轮廓，吸汗防止滑动，外部有一条细长的装饰帽带。为了便于区别，除了黑、棕、白三色常见的颜色可供选择，"平原之王"还将根据定制弯折左右两边的帽檐，在帽顶做出 1—2 道折峰、帽带上雕刻的花纹也可供选择。

"平原之王"一经问世马上受到牛仔们的追捧，不仅设计上单独为牛仔工作考虑，其皮实耐用的制作工艺也正契合牛仔们工作的需要，除了遮阳、保暖、防雨等基本功能，硬质的牛仔帽甚至还可以用来饮水盛饭，在野外入夜时作为枕头使用。

与其说"平原之王"在设计与制作上有多么的优秀，倒不如说斯泰森定义了"牛仔帽"这样的一个概念：只要戴上了这顶帽子，你就会成为最英勇的牛仔，可以肆意驰骋在西部沙漠，就如同这顶帽子的名字一样——平原之王。

（选自《作家文摘》第 2346 期）

作家文摘

　　《作家文摘》是一份文史见长、兼顾时政的综合性文化类报纸，创刊于1993年，由中国作家协会主管、中国作家出版集团主办。以"博采、精选、求真、深度"为办报宗旨，以"用最少的时间做最有价值的阅读"为口号，立足文化品质定位，关注政治人物兴衰、探讨新闻背后、社会深处，还原历史真相，荟萃名家妙笔，为读者提供高品质、高价值、高效率的阅读，是一个极具影响力和公信力的文化传媒品牌，也是成熟精英人士首选的文化读物。

　　由于时间仓促及其他原因，编者未能与本书所收个别作品的作者取得联系，请作者及时与编者联系，支取为您预留的稿酬与样书。谢谢！

　　联系地址及联系人：100125

北京朝阳区农展馆南里十号《作家文摘》报社编辑部

今日头条号　　微信公众号　　抖音号